오렌 퓨전판타지 장편소설

FUSION FANTASY STORY & ADVENTURE

幻野魔帝
환야의미제

9

dream
books
드림북스

환야의 마제 9

초판 1쇄 인쇄 / 2015년 12월 17일
초판 1쇄 발행 / 2015년 12월 28일

지은이 / 오렌

발행인 / 오영배
책임편집 / 편집부
펴낸 곳 / (주)삼양출판사 · 드림북스

주소 / 서울특별시 강북구 도봉로 173
대표 전화 / 02-980-2112 팩스 / 02-983-0660
편집부 전화 / 02-980-2116 팩스 / 02-983-8201
블로그 / blog.naver.com/dreambookss

등록번호 / 제9-00046호
등록일자 / 1999년 3월 11일

ISBN 979-11-313-0488-4 (04810) / 978-89-542-5380-2 (세트)

* 지은이와 협의하에 인지는 생략합니다.
* 잘못된 책은 구입한 곳에서 바꾸어 드립니다.

이 도서의 국립중앙도서관 출판시도서목록(CIP)은 서지정보유통지원시스템홈페이지
(http://seoji.nl.go.kr)와 국가자료공동목록시스템(http:// www.nl.go.kr/kolisnet)에서
이용하실 수 있습니다. (CIP제어번호: 2015034293)

9

오렌 퓨전판타지 장편소설

FUSION FANTASY STORY & ADVENTURE

幻野魔帝
환야의 미제

dream
books
드림북스

幻野魔帝

환야의 미제

Chapter 1. 마검 라도스 | 007

Chapter 2. 마나 왜곡장 | 033

Chapter 3. 실버 드래곤 안젤루스 | 057

Chapter 4. 고대 거신병(巨神兵) | 077

Chapter 5. 오후스의 방패 | 101

Chapter 6. 수석 요리사 샤크 | 127

Chapter 7. 털보 오크의 술집 | 149

Chapter 8. 지상 최고의 맛! | 173

Chapter 9. 흑룡구타술(黑龍毆打術) | 197

Chapter 10. 해는 동쪽에서 뜨고 희망은 서쪽에서 뜬다 | 225

Chapter 11. 아이스 드래곤 프루아 | 249

Chapter 12. 안개 저편으로 | 273

Chapter 1

마검 라도스

루켈다스는 비로소 변동 좌표에 뭔가 문제가 생겼음을 눈치챘다.

　'누군가 베스터의 변동 좌표에 손을 댄 게 분명해.'

　그가 알기로 그와 같은 능력을 가진 존재는 드래곤들 외에는 없었다. 그중 누군가 루켈다스를 상대로 장난을 치고 있는 것이다.

　'으득! 어떤 놈이 감히!'

　그는 재빨리 그런 장난을 칠 만한 드래곤들을 떠올려 보았다.

　'실버 드래곤 안젤루스? 그놈인가? 아니면 레드 드래곤 수피겔? 그도 아니라면 아이스 드래곤 프루아? 빌어먹을! 어떤 놈인지 모르지만 가만두지 않겠다. 감히 나 골드 드래곤 루켈다스를 상대로 장난을 치다니!'

그가 지금 떠올린 안젤루스, 수피겔, 프루아 등은 평소 루켈다스와 사이가 별로 좋지 않은 드래곤들이었다.

따라서 루켈다스는 분명 그들 중에 하나가 지금 자신을 골탕 먹이고 있다고 확신했다.

츠ㅇㅇ웃—

곧바로 그의 몸이 환한 금빛의 광채에 휩싸임과 동시에 번쩍 사라졌다.

뒤이어 그가 나타난 곳은 칼드 제국 서부 국경 지대에 위치한 한 성이었다.

아루드 성.

이곳은 칼드 제국 제7군단의 군단장 안젤루스가 성주로 있는 곳이었다.

실버 드래곤 안젤루스.

그는 내성의 중앙탑 최상층에 위치한 그의 거처에서 늘어지게 잠을 자고 있다가 난데없이 누군가 문을 쾅쾅 두들기자 놀라 깨어났다.

"어떤 놈이 감히 이런 건방진 짓을!"

그는 인상을 확 쓰며 소리를 질렀지만, 이미 누가 문을 두들기는지 짐작했다.

이곳이 어디인가.

칼드 제국 제7군단의 군단장이자 아루드 성 성주의 침소인 만큼 아무나 방문을 두들기기란 불가능한 것이다.

군단 소속의 병사들이 그만큼 삼엄한 경비를 서고 있을 뿐만 아니라, 안젤루스의 가디언들도 다섯이나 두 눈을 부릅뜨며 지키고 있다.

그런데도 그들 모두를 허수아비로 만들고는 마치 자기 집 안방을 두들기듯 당당한 녀석들이라면.

'우라질! 이따위 무례한 짓을 할 만한 녀석들이라면 뻔하지. 레드 드래곤 수피겔! 아이스 드래곤 프루아? 아니면 골드 드래곤 루켈다스? 설마 그놈은 아니겠지?'

그가 떠올린 세 드래곤 중에서 그와 사이가 가장 안 좋은 이가 바로 루켈다스다.

'그놈만 아니면 좋을 텐데.'

쾅쾅!

"빨리 문 안 여냐, 이 망할 놈아!"

일순 안젤루스의 인상이 확 구겨졌다. 목소리를 들어 보니 하필이면 그놈이었던 것이다.

무슨 일인지 몰라도 루켈다스는 상당히 흥분한 기색이었다. 그래도 최후의 예의는 지키려는지 차마 문을 부수고 들어오지는 않았다.

"문 열어! 아니면 부수고 들어간다!"

어쩔 수 없이 안젤루스는 걸어가 문을 벌컥 열었다. 속으로 화가 잔뜩 난 것과 달리 그는 은발을 쓸어 넘기며 담담한 기색으로 물었다.

"루켈다스! 우린 두 번 다시 서로 얼굴을 보지 않기로 했다. 그런데 그걸 잊다니 네놈은 그사이 노망이라도 든 건가?"

루켈다스는 코웃음 쳤다.

"노망은 네놈이 들었겠지. 왜 조용히 있는 내게 시비를 거는 것이냐?"

"큭! 입은 비뚤어졌어도 말은 바로 하라고 했다. 시비는 지금 네가 내게 걸고 있는 게 시비 아니냐? 초청한 적도 없는데 다짜고짜 찾아와 문을 두드리질 않나, 적반하장도 이런 경우가 없구나."

"닥치고 사실대로 말해라. 베스터는 어디 있느냐?"

"베스터?"

"시치미 떼지 마라. 나의 가디언 베스터! 네놈이 숨겨 둔 걸 다 알고 왔다."

"네놈의 가디언을 왜 내게 와서 찾느냐?"

안젤루스는 기가 찬 표정으로 물었다. 그러자 루켈다스는 그의 눈을 뚫어져라 노려보며 말했다.

"내가 그 녀석의 몸에 심어 놓은 변동 좌표가 변형되었다. 드래곤들 중에 그따위 짓을 할 만한 놈은 너밖에 없어."

"크하하하! 어떤 놈인지 몰라도 제법 흥미로운 일을 벌였군."

"계속 잡아뗄 셈이냐?"

"헛소리는 그만 지껄이고 내 앞에서 꺼져라. 내가 아무리 할 짓이 없다한들 어디 그따위 유치한 짓을 하겠느냐?"

그 말과 함께 안젤루스는 손을 흔들어 루켈다스를 문밖으로 밀쳐 낸 후 야멸차게 문을 닫아 버렸다.

콰앙!

루켈다스는 문전박대당한 것에 분노가 차올랐지만, 이내 숨을 고르고는 생각에 잠겼다. 분하지만 안젤루스가 꾸민 일은 아닌 듯했다.

'젠장, 그럼 수피겔 놈인가? 아니면 프루아?'

그가 방금 전 무식할 만큼 직설적인 질문을 날렸지만 사실 이것처럼 확실한 방법은 없다. 드래곤들은 간혹 몰래 장난질은 칠지언정 눈앞에서 거짓말은 하지 않기 때문이다.

즉, 안젤루스가 만일 베스터의 변동 좌표를 변형시키거나 혹은 그를 숨겨 두고 장난질을 하고 있었다면, 루켈다스 앞에서 그것을 당당히 인정했을 것이다.

적반하장 식으로 그게 뭐 어쨌냐며 되레 시비를 거는 게 정상인 것이다.

따라서 이제 용의 선상에 남은 건 둘!

분명 그 둘 중에 범인이 있으리라.

루켈다스의 두 눈이 이글거렸다.

'먼저 수피겔 놈에게 가 봐야겠군.'

곧바로 그의 몸이 찬란한 금빛의 광채에 휩싸여 어디론가 사라졌다.

벌컥!

그가 자취를 감춘 그 순간, 다시 문을 열고 밖으로 나온 안젤루스의 두 눈에 이채가 일었다.

'누군가 가디언의 변동 좌표를 바꿔 버렸다? 나라도 열받을 만하겠군.'

그의 입가에 흥미롭다는 듯 미소가 맺혔다.

'대체 누구일까? 다른 놈도 아닌 루켈다스에게 그 같은 장난을 치다니 말이야.'

그의 머릿속에 그런 짓을 할 만한 존재들이 몇 떠올랐다.

'역시 수피겔 그놈인가? 아니면 프루아? 후후, 어쨌든 이런 흥미로운 구경거리를 놓칠 수는 없지.'

그는 곧바로 레드 드래곤 수피겔의 거처로 공간 이동을 했다.

그때 루켈다스가 칼드 제국 북동부에 위치한 오드 산맥의 상공에서 모습을 드러냈다.

아래 보이는 거대한 화산의 한 곳.

시뻘건 용암 위에서 붉은 머리의 오우거 하나가 늘어지게 퍼 자고 있었다.

드르렁.

그런데 어찌 오우거가 용암 위에서 잠을 자고 있을 수 있을까?

아무리 숲의 제왕이라 불리는 오우거라도 저 들끓는 용암의 열기를 버티기란 불가능한 일.

물론 그는 형상만 오우거일 뿐 실상은 드래곤이었다.

레드 드래곤 수피겔!

르메스 대륙의 인간들이나 몬스터들은 그를 화룡이라 부르며 두려워하고 있었다.

하긴 화룡쯤 되니까 용암을 무슨 침대처럼 삼아 늘어지게 잠을 잘 수 있으리라.

'게을러빠진 놈! 여전하구만.'

그러나 루켈다스가 볼 때 수피겔은 그저 게으르고 성질 더러운 말종 드래곤에 불과했다.

'내가 온 것을 뻔히 알면서도 여전히 자는 척하고 있구나.'

지금쯤 수피겔은 루켈다스가 상공에서 서슬 퍼런 눈빛으로 쏘아 보고 있음을 알 것이다. 그런데도 무슨 새 한 마리가 지나가는 것처럼 그는 신경도 쓰지 않았다.

"크흠! 어디서 귀찮게 파리가 또 날아다니는가 보군."

심지어 그는 잠꼬대하는 척하며 루켈다스를 파리에 비유하기도 했다. 루켈다스의 표정이 싸늘하게 굳었다.

'파리?'

아무리 그래도 드래곤을 어찌 파리에 비유한단 말인가? 그런 말을 듣고 가만있을 루켈다스가 아니었다. 그는 한 팔을 번쩍 위로 치켜들었다.

"후후, 파리라. 그럼 파리의 분노를 보여 주도록 하지."

상공이 순식간에 어두워지는가 싶더니 그의 손을 중심으로 거대한 소용돌이가 생겨났다.

콰콰콰콰—

그러자 용암 위의 오우거가 두 눈을 번쩍 떴다.

"야, 이 미친놈아! 너 지금 무슨 짓이냐?"

"크흐흐! 한낱 파리가 날리는 마법에 뭘 그리 당황하는가, 수피겔!"

그런 그를 향해 상공에서 무수하게 쏟아져 내리는 뇌전들!

번쩍! 번쩍!

콰르르릉!

수피겔의 주변이 초토화되었다. 용암 위에서도 멀쩡하던 그의 모습이 마치 숯검정처럼 시커멓게 변했다.

"으으! 더 이상은 못 참는다. 오늘 아주 끝장을 내자, 이 빌어먹을 놈아!"

곧바로 수피겔의 오른손에 시뻘건 창이 생겨났다. 그는 다짜고짜 그것을 루켈다스에게 던졌다.

'헉! 저것은?'

천지가 개벽하는 듯한 굉음.

콰릉! 콰르르릉!

그와 함께 루켈다스는 지상에서 자신을 향해 날아오는 무수한 붉은 창들을 목격했으니.

'어…… 얼티메이트 파이어 스피어!'

레드 드래곤 수피겔의 최강 공격 마법 중 하나로 저것에 제대로 적중당하면 루켈다스라 해도 무사하기 힘들었다.

'저놈이 진짜 막가기로 했구나.'

아무리 그가 선제공격으로 뇌전 마법을 좀 날렸기로서니, 그렇다고 다짜고짜 필살기를 펼친다는 말인가?

'정말 해보자는 거냐?'

곧바로 루켈다스의 몸이 거대하게 변했다.

하늘을 뒤덮듯 거대한 금빛의 날개를 펄럭이는 괴수의 머리는 사자를 연상케 했고, 몸체는 뱀처럼 길었다.

몸 전체가 황금빛으로 반짝였다. 그로부터 뻗어 나간 서광은 눈이 멀 정도로 부셨다.

그것이 바로 루켈다스의 본신이었다.

"수피겔! 네놈이 내게 먼저 시비를 걸어 놓고 그따위로 나온다면 나도 가만있지 않겠다. 오늘 한번 네놈이 죽나 내가 죽나, 끝장을 보도록 하자."

그 말과 함께 그는 거대한 입을 쩍 벌렸다.

쏴아아아아아—

금빛의 브레스가 아래로 쏟아져 내렸다. 그것은 수피겔이 펼친 창들과 격돌했다.

콰쾅! 콰콰콰쾅!

브레스와 창들이 격돌한 지점에서 가공스러운 폭음들이 울렸다. 그 여파에 주변 공간이 갈가리 찢기기라도 한 듯 뒤틀렸고, 거센 폭풍이 일어나 휘돌았다.

우르르르! 콰콰쾅!

어느새 상공에는 거대한 불덩어리를 연상케 하는 붉은 드래곤이 현신해 있었다. 수피겔 역시 그의 본신으로 변한 것이다.

"루켈다스! 시비는 분명 네놈이 먼저 걸었다. 그래 놓고 마치 내가 먼저 시비를 걸었다고 헛소리를 지껄이다니, 어젯밤 뭘 잘못 처먹었느냐?"

"닥쳐라! 나의 가디언 베스터의 변동 좌표를 바꾼 게 네놈이 아니고 누구이겠느냐?"

그러자 수피겔의 두 눈이 섬뜩하게 빛났다.

"뭐라? 가디언이 어째? 내게 시비를 걸려면 좀 더 그럴듯한 이유를 찾아봐라. 어디서 말도 안 되는 이유를 가져다 붙이느냐?"

순간 루켈다스의 거대한 동체가 움찔 흔들렸다. 그는 속으로 당혹스럽지 않을 수 없었다.

'뭐야? 그럼 이놈도 아니었단 말인가?'

그는 베스터를 통해 장난질을 한 드래곤이 안젤루스 아

니면 수피겔이 거의 틀림없다고 생각했다.

그런데 지금 수피겔의 반응을 보면 그 역시 아니었다.

'그럼 설마 프루아가?'

셋 중 가장 가능성이 낮다 생각했던 프루아였다. 그런데 안젤루스나 수피겔이 아니라면 이제 그녀 외에는 용의 선상에 있는 이가 없었다.

"우라질! 시간 낭비했군. 나는 이만 가 보겠다. 우리 두 번 다시 얼굴 보지 말자, 수피겔."

루켈다스는 싸늘히 외치고 곧바로 프루아가 있는 북부로 이동했다.

번쩍! 화아아악—

찬란한 금빛의 광채와 함께 루켈다스가 갑자기 상공에서 사라져 버리자 그와 대치하고 있던 수피겔은 잠시 멍해졌다가 이내 인상을 구겼다.

"저런 싸가지 없는 놈 같으니! 다짜고짜 나타나 시비를 걸어 놓고는 시간 낭비를 했다고?"

그사이 수피겔은 거대한 드래곤의 형상에서 다시 본래의 오우거 형상으로 돌아왔다. 사실 그는 모처럼 루켈다스와 제대로 싸워 보며 몸을 풀어 볼 생각이었는데, 루켈다스가 그런 식으로 사라져 버리자 맥이 풀리고 말았다.

'흠……'

그러던 그는 허공에서 둥둥 떠 있는 그대로 잠시 생각에 잠겼다.

'그러니까 어떤 놈이 루켈다스의 가디언을 건드렸다는 건데? 변동 좌표까지 바꿔 놓을 정도면 작정하고 놈을 물 먹이려는 수작이로군.'

수피겔의 입가로 이내 기괴한 미소가 맺혔다.

'누가 저 성질 더러운 골드 드래곤 놈을 상대로 장난질을 치는 거냐? 안젤루스? 아니면 프루아?'

그의 머릿속으로 두 골칫덩이 드래곤들이 떠올랐다. 아무리 생각해 봐도 그런 짓을 할 만한 드래곤들은 그들 외에는 없었던 것이다.

'아니, 저놈은?'

그러던 그는 상공 먼 곳에서 의미심장한 미소를 흘리며 자신을 쳐다보고 있는 은발의 사내를 발견했다.

"안젤루스! 네놈은 또 뭐냐? 설마 너까지 내게 시비를 걸러 온 것은 아니겠지?"

"안심해라, 수피겔. 나는 그저 루켈다스 놈의 성미를 건드린 녀석이 누구인지 궁금했을 뿐이다."

"그러니까 놈이 너를 먼저 찾아갔었던 게로군. 그리고

너는 혹시 그게 나인가 싶어서 이곳에 온 것이겠지."

안젤루스가 키득 웃었다.

"잘 알고 있구나. 그런데 네가 아니라면 역시 프루아였나? 이거 의외로군. 나는 네 녀석이 더 가능성이 높다고 생각했는데 말이야."

"나 역시 네놈일 거라 생각했는데 아니라니 의외로구나."

"프루아가 그런 짓을 벌이다니 꽤나 심심했나 보군."

그러자 수피겔은 고개를 흔들었다.

"프루아? 아니야. 조금 전까지는 나도 그녀일 줄 알았는데 지금 생각해 보니 아니다."

"왜냐?"

"냉정하게 생각해 보아라. 솔직히 너라면 그따위 유치한 짓을 하겠느냐?"

"나는 당연히 하지 않는다. 시비를 걸고 싶다면 루켈다스 놈에게 직접 걸지 내가 왜 하찮은 가디언 따위에게 장난질을 하겠느냐?"

그러자 수피겔이 피식 웃었다.

"크크, 그건 나 역시 마찬가지다. 그리고 우리가 그렇다면 프루아 역시 비슷하겠지."

"그러고 보니 그렇군. 프루아가 가끔 골통 같은 짓을 하긴 하지만 그따위 시답잖은 장난질을 할 정도는 아니지."

안젤루스 역시 수피겔의 말에 일리가 있다는 듯 고개를 끄덕였다.

"그럼 대체 어떤 놈일까? 네 말을 듣고 보니 오히려 호기심이 더욱 크게 생기는군."

"나 역시 무척 궁금하다. 루켈다스가 저리 이성을 잃게 만들 만한 존재라면 분명 보통 놈은 아니겠지."

순간 안젤루스의 안색이 살짝 굳어졌다.

"설마 크리오스 왕국에서?"

"그럴 리는 없다. 그들이 바보가 아닌 이상 불가침 협정을 깨뜨릴 리는 없어."

"그거야 모른다. 그들은 언제고 칼드 제국을 향해 이빨을 드러낼 것이다."

"그거야 그렇다만 이번은 확실히 아니야. 그들이 이빨을 드러낸 것이라면 작정하고 쳐들어오지 루켈다스 놈에게 그런 유치한 장난질을 하겠느냐? 필경 정신 줄을 놓은 어떤 미치광이 인간이나 이종족 녀석이 하늘 무서운 줄 모르고 장난을 치는 것이 분명하다."

"그럴 수도 있겠군."

안젤루스가 고개를 끄덕이자 수피겔이 돌연 그를 험악한

표정으로 노려봤다.

"그나저나 여기는 나의 영역이다. 내가 왜 너 따위 녀석과 대화를 나누고 있어야 하는지 모르겠구나, 안젤루스!"

"우라질 놈! 그렇지 않아도 가려고 했다."

"어서 꺼져라. 그리고 두 번 다시 나타나지 마라."

방금 전까지 심각한 표정으로 대화를 나누던 두 드래곤은 이내 시큰둥한 표정으로 변했고, 평소처럼 으르렁거리기 시작했다.

결국 안젤루스는 공간 이동 마법을 펼치며 말했다.

"오라고 해도 안 온다! 이 빌어먹을 놈아!"

번쩍!

그는 은빛의 광채를 발산하며 사라졌다. 그러자 수피겔은 기다렸다는 듯 아트리아 숲을 향해 공간 이동을 펼쳤다.

'어떤 괴상한 놈인지 모르지만 내가 먼저 그놈을 찾아야 한다.'

안젤루스를 쫓아낸 그의 속셈은 한시라도 빨리 아트리아 숲으로 가서 루켈다스를 골탕 먹이고 있는 그 정체불명의 존재를 찾기 위함이었다.

그것은 안젤루스 역시 마찬가지였다.

그가 공간 이동한 곳은 그의 거처인 아루드 성이 아닌 아트리아 숲이었다.

'멍청한 루켈다스 녀석 같으니! 누군지 모르지만 네가 찾는 그놈은 분명 아트리아 숲에 있을 것이다.'

그것은 말로 설명하기 힘든 드래곤으로서의 직감이었다.

루켈다스가 흥분하지 않고 냉정하게 생각해 봤다면 그 역시 그것을 어렵지 않게 직감할 수 있었을 텐데, 그는 뜻하지 않게 벌어진 상황에 분노해 이성을 잃은 상태라 다짜고짜 다른 드래곤들을 찾아와 추궁하고 있는 것이다.

'그리고 아무래도 그 가디언 놈에게 뭔가 심상치 않은 비밀이 있는 게 분명해. 그렇지 않다면 루켈다스 놈이 그토록 미쳐 날뛰지 않았을 테지.'

루켈다스가 아무리 망종이라지만 오늘 그의 행위는 도가 지나쳤다. 그것은 그가 이성을 잃을 정도로 화가 났다는 것이고, 그만큼 이 일이 그에게 중요하다는 것을 의미했다.

따라서 뭔가 파 보면 분명 매우 흥미로운 일이 있을 것이라는 생각에 안젤루스와 수피겔은 아트리아 숲을 샅샅이 뒤지기 시작했다.

한편 그때 루켈다스는 칼드 제국 북부 얼음의 바다에 위치한 프루아의 거처에서 한바탕 그녀와 실랑이를 벌이는 중이었다.

그는 용의 선상에 두었던 세 드래곤 중 둘이 범행을 부인한 이상 프루아가 범인이라 확신했다.

그러나 프루아 역시 무슨 헛소리냐며 화를 버럭 냈다. 그뿐만 아니라 그녀는 아공간에서 흑색 검신의 장검을 꺼내 쥐고 루켈다스를 노려보았다.

"흥! 내가 요즘 그렇지 않아도 이 검의 위력을 시험해 보려 했는데 네가 적시에 찾아왔구나. 각오는 되어 있겠지?"

루켈다스는 흠칫 놀라며 뒷걸음질 쳤다. 그는 한눈에 프루아가 들고 있는 검이 심상치 않다는 것을 알아봤던 것이다.

"자, 잠깐! 그 검은 대체 뭐냐? 설마 마검?"

그러자 프루아는 의기양양한 미소를 흘렸다.

"우후훗, 네놈이 정신은 나갔지만 다행히 눈알만은 멀쩡하구나. 이 검을 알아보다니 말이야."

"정말 마검이냐?"

"물론이야. 그것도 보통 마검이 아니라 고대 거신들이 사용하던 신병(神兵) 중 하나지. 들어는 보았느냐? 마검 라도스라고!"

그 말에 루켈다스는 입을 쩍 벌렸다.

'마, 마검 라도스? 그럴 리가!'

라도스는 르메스 대륙에 존재했다던 고대 거신들 중 하나로 그 능력은 거신들 중에서도 수위에 속한다고 했다.

물론 전설이었다. 무려 7천 년을 넘게 살아온 루켈다스도 거신들에 대해서는 그저 전설로만 들어 왔을 뿐이니 말이다.

일설에 의하면 거신들은 각각 신병급(神兵級)의 무기를 만든 후 각자의 이름을 새겨 놓았다고 했다.

그리고 거신의 가디언들 또한 무기를 남겼는데, 그들은 거신들과 달리 이름이 아닌 각자의 표식을 남겨 두는 식이었다.

이를테면 붉은 달이나 흑색 거미, 푸른 나비와 같은 표식들이 대표적이었다. 전설에 의하면 그 같은 표식을 사용했던 가디언들의 전투력은 거신들에 버금갈 정도라 했던 것이다.

그러나 어쨌든 지금은 그게 중요한 것이 아니다.

루켈다스는 프루아가 들고 있는 흑색 장검의 검신에서 신비롭게 반짝이는 고대 문자를 읽을 수 있었다.

라……도……스……!

혹시나 아니길 바랐지만 몇 번을 봐도 틀림없었다.

'으으! 저럴 수가! 프루아가 정말 거신병을 얻었군.'

그는 순간 위장이 쓰리다 못해 뒤집어질 것 같았다. 그렇지 않아도 평소에 온갖 잘난 척과 자랑질을 일삼는 프루아가 고대 거신병을 손에 쥐었으니 앞으로 그녀가 얼마나 그의 속을 박박 긁을지 안 봐도 눈에 선했던 것이다.

'크으으! 아이고 배야……'

그는 먹은 것도 없는데 배탈이 난 것 같았다. 부럽다 못해 배가 아파 미칠 지경이었다.

그런 루켈다스의 심정을 훤히 읽었는지 프루아는 신이 난 표정으로 말했다.

"오호호호! 그러니까 우연히 거신총(巨神塚)을 발견했는데 이게 있지 뭐야? 솔직히 별로 기대도 안 했어. 설마 트레저 헌터들이 거신총을 가만 놔뒀을 리 없다고 생각했거든. 안 그러니? 아마 루켈다스 너라도 그렇게 생각했을 거야."

"그, 그렇겠지."

루켈다스는 인상을 구기며 고개를 끄덕였다. 그러고 보니 그 빌어먹을 자랑질이 또 시작되고 있었다.

"호호호! 그런데 처음엔 웬 보물 상자가 튀어나오길래 열어 봤더니 포션이랑 고대 금화가 나오는 거야. 그때만 해도 뭐 이딴 게 다 나오나 싶었지."

"……"

루켈다스는 귀를 막고 싶었다. 아니 당장이라도 공간 이동 마법을 펼쳐 아트리아 숲으로 돌아가고 싶었다.

그러나 프루아가 마검 라도스를 번쩍 쳐들고 있는 이상 그것은 불가능했다. 아마 그가 조금이라도 움직이면 프루아는 마검 라도스를 사정없이 휘두를 것이다.

따라서 그는 최대한 사람 아니, 드래곤 좋은 미소를 지어 보이며 그녀의 비위를 맞춰야 하는 신세가 되고 말았다.

"하핫, 그래? 포션이 나왔다니 실망이 많았겠군."

"실망은 무슨! 알고 보니 그 포션이 보통 포션이 아니었어. 너도 알지? 고대 거신 시대에는 연금술이 지금과 비할 수 없이 발전해 있었다는 전설 말이야."

"그때 거신들이 희귀한 포션들을 많이 만들었다는 말은 들었다."

"호호! 맞아, 잘 알고 있구나. 보물 상자에서 나온 포션들이 바로 그때 만들어진 포션들이었던 거야. 처음에는 비교적 평범한 위력의 체력 회복 포션이나 마나 회복 포션이었는데, 갈수록 대단한 위력의 포션들이 나오는 거 있지?"

순간 루켈다스의 두 눈이 커졌다.

"대단한 위력? 그게 뭔데?"

"한 방울만 마셔도 마나가 대폭 증가하는 영약 포션! 일

시적으로 모든 종류의 마법에 면역 상태가 되는 포션! 한 동안 그 어떤 물리 공격을 받아도 끄떡없는 절대 방어력 포션! 그리고…….”

프루아의 입에서 온갖 기괴한 포션들의 이름이 튀어나왔다. 루켈다스 역시 연금술이라면 일가견이 있지만 지금 프루아가 말하는 것과 흡사한 포션을 만드는 건 불가능했다.

‘놀랍군. 정말로 그런 보물들이 들어 있었다는 말인가?’

너무 충격을 받다 보니 배가 아픈 것도 잊을 지경이었다. 그러나 그와 동시에 그는 자신이 확보해 놓은 거신총에서 보물 상자가 나온다는 사실을 떠올리며 내심 가슴이 설레었다.

‘흐흐, 그렇군. 그곳을 잘 뒤져 보면 나 역시 고대 거신병을 얻을 수도 있겠어.’

포션들이나 다른 보물들도 탐나지만, 그 어떤 것보다 중요한 것이 거신병이었다.

그는 베스터로부터 폐허 지하에서 보물 상자가 나온다는 말을 들었을 때까지만 해도 그곳에 제법 희귀한 보물 정도가 있을 것이라 생각했지, 설마 거신병이 있을 거라고는 기대하지 않았다.

거신병이라는 것 자체가 워낙 허무맹랑한 얘기라 그저

전설에 불과하다고 생각했기 때문이다.

그러나 프루아가 거신병인 마검 라도스를 얻은 것을 목격한 이상 그는 내심 조급해졌다.

'지금 내가 이러고 있을 때가 아니군. 어서 가서 거신총을 뒤져야겠어.'

베스터의 변동 좌표를 바꾼 녀석을 찾는 것은 그 이후의 일이다. 혹시라도 그사이 다른 드래곤들이 그곳의 비밀을 눈치채게 되면 큰일인 것이다.

문제는 프루아가 이대로 루켈다스를 놔줄 생각이 없다는 것!

루켈다스는 울상을 지으며 그녀의 자랑질에 연신 맞장구를 쳐주어야 했다.

Chapter 2

마나 왜곡장

한편 베스터는 자신이 루켈다스의 이름을 외치고도 그가 나타나지 않자 무척 놀란 상태였다.

'이럴 수가! 정말로 변동 좌표가 변경된 것인가?'

그는 사실 변동 좌표를 바꿔 놓았다는 샤크의 말을 믿지 않았다.

다른 이도 아닌 드래곤이 심어 놓은 변동 좌표를 한낱 인간 따위가 임의로 바꿔 버린다는 것이 말이나 되는 소리일까?

그것은 그 누가 들어도 코웃음 칠 만한 어이없는 얘기였다.

따라서 그는 당연히 루켈다스가 이 자리에 나타날 것이라 생각했다. 그리고 루켈다스에 의해 저 괴상한 능력을 가진 인간은 죽거나 노예가 될 거라고 확신했다.

물론 혹시나 하는 심정이 없는 것은 아니었다.

그야말로 벼락 맞을 확률보다 낮은 가능성으로 변동 좌표가 변경되었다면, 루켈다스의 추적으로부터 벗어날 가능성이 있기 때문이다.

그런데 정말로 그런 일이 벌어질 줄이야.

그때 샤크가 베스터를 바라보며 씩 웃었다.

"어떠냐? 이제 나의 말을 믿겠느냐?"

"너는 대체 누구냐? 어떻게 그와 같은 능력을!"

"지금 내가 네게 그따위 것까지 세세히 설명할 시간은 없다. 약속대로 너는 나에게 협조해야 한다."

"으음! 좋다, 인간."

베스터는 고개를 끄덕였다.

어차피 루켈다스가 이곳에 왔다면 당장은 샤크의 위치를 발견한 것에 대해 칭찬을 받을 수도 있겠지만, 잠시 후면 그의 보물 상자들을 박살 낸 죄과를 치르게 될 상황이었다.

따라서 지금은 샤크를 도와 루켈다스의 추적에서 벗어나는 것만이 그가 살아날 수 있는 유일한 길이었다.

"어떤 식으로 네게 협조하면 되느냐, 인간? 비록 변동 좌표가 바뀌었다 해도 루켈다스가 작정하면 우리를 찾는 건 시간문제다."

샤크는 씩 웃었다.

"이제야 말이 통하는군. 네 말대로 루켈다스는 변동 좌표가 무력해진 것을 알게 되면 직접 광역 탐지 마법을 펼쳐 아트리아 숲을 샅샅이 뒤질 것이다."

그 말에 베스터는 흠칫 몸을 떨었다.

"인간……! 혹시 너는 그의 추적을 벗어날 무슨 좋은 방법이 있느냐?"

"물론이다. 네가 도와주면 충분히 가능하다, 베스터."

"어, 어서 방법을 말해 봐라."

베스터는 이제 죽기 아니면 까무러치기라는 심정이었다. 비록 변동 좌표를 바꾼 것은 샤크이지만, 분노한 루켈다스는 샤크뿐 아니라 베스터까지 단번에 때려죽이고도 남을 존재이기 때문이다.

샤크는 차분히 미소 지으며 말했다.

"그렇게 조바심을 가질 필요는 없다. 너는 그저 이제 내가 알려 주는 방법으로 간단한 마나 왜곡장을 펼치기만 하면 된다."

"마나 왜곡장?"

"그래."

샤크는 고개를 끄덕이고는 인근의 마나 흐름을 왜곡시켜 각종 탐지 마법 등을 속일 수 있는 마법을 하나 알려 주었다.

사실 그가 간단한 것이라고 했지만, 최상급 마법사 정도가 아니면 이해하기 쉽지 않은 내용이었다. 그래도 샤크는 최대한 베스터가 알아듣기 쉽게 풀어서 설명을 해 주었다.

"어떠냐? 이해하겠느냐?"

그러나 베스터는 양손으로 머리카락을 쥐어뜯으며 절규하듯 했다.

"으으! 이게 간단하다고? 무, 무척 복잡하다, 인간."

"음…… 마법사라더니, 그 정도도 이해 못 하는가? 아주 기초적인 마법 왜곡장일 뿐인데."

샤크는 못마땅한 듯 살짝 인상을 찌푸렸다. 베스터는 속으로 울컥했지만, 한편으로 자신이 간단한 마법 하나도 이해하지 못한다는 사실에 자괴감 어린 표정을 지었다.

"미안하다, 인간. 다시 한 번만 더 설명해 줄 수 없느냐?"

"흠, 좋아. 다시 한 번 설명할 테니 잘 들어라."

샤크는 다시 천천히 관련 내용을 반복 설명했지만, 베스터는 다시 머리카락을 움켜쥘 뿐이었다.

"대체 무슨 소리인지 모르겠다, 인간."

"쯧! 대체 마법을 어떻게 배웠기에 이런 것도 못 알아듣는 건가?"

샤크가 노려보자 베스터는 움찔 주눅 든 표정으로 그의 눈치를 봤다. 그러다 투덜대듯 말했다.

"인간! 그냥 네가 하면 안 되냐?"

그 말에 샤크는 쓴웃음을 지었다.

'내가 할 수 있었으면 벌써 했지 왜 번거롭게 네게 시키겠느냐?'

마나 왜곡장 마법은 상당한 마나가 소모되기에 현재 샤크가 쌓은 미량의 무극지기로는 펼칠 수 없었다.

본래 베스터의 능력으로도 쉽지 않은 일이지만, 그는 운 좋게 영약을 먹은 덕분에 마나가 늘어난 상태였다.

따라서 샤크는 베스터가 가진 마나의 수준이라면 충분히 마나 왜곡장을 펼칠 수 있다 본 것이다.

샤크는 짐짓 험악한 눈빛으로 베스터를 노려보며 협박하듯 말했다.

"안 되겠군. 다시 한 번 설명할 테니 들어라. 이번에도 못 알아들으면 네놈을 죽이고 나 혼자 도주할 것이다.”

“헉! 그, 그 말이 정말이냐?”

“크흐! 물론이다. 죽고 싶지 않으면 정신을 바짝 차리도록 해라.”

“으으! 빌어먹을!”

베스터는 몸을 떨며 샤크를 원망 어린 표정으로 노려봤다. 그러나 동시에 강렬히 빛나는 눈빛을 보니, 그가 어떻게든 샤크의 말을 이해하려고 노력하는 기색이 역력했다.

그런 베스터를 샤크는 다소 안쓰럽다는 듯 쳐다봤다.

‘머리가 나쁜 놈은 아니지만 집중력이 부족해.’

베스터가 가진 큰 약점을 단번에 간파한 샤크였다. 그래서 짐짓 험악하게 나갈 뿐, 실제로 베스터를 죽일 생각은 없었다.

‘시간만 충분하다면 천천히 지식을 주입해 이해시키겠지만 그럴 수도 없고, 이 녀석 스스로 정신을 집중하게 만드는 수밖에 없겠지.’

물론 지식 주입이란 쉬운 방법이 있긴 하다. 그러나 그것은 부작용이 너무 심각해서 문제였다.

헤나 등에게는 무공에 대한 가장 기초적인 지식부터 차근차근 이해가 되도록 조절해 두었기에 특별한 부작용이 생길 여지는 없었다.

반면, 지금 베스터가 이해해야 할 마나 왜곡장 마법은 마법에 대한 상당 수준의 지식과 숙련도가 없으면 절대 이해할 수 없는 내용이었다.

이런 걸 섣불리 지식·주입을 통해 강제로 이해시켜 버리면 엄청난 부작용으로 베스터는 미쳐 버릴지도 모른다.

그 또한 샤크의 무극지기가 충분하다면 부작용이 생기지 않도록 조절해 줄 수 있지만, 만일 그런 정도의 무극지기가 있다면 그가 굳이 베스터에게 마나 왜곡장을 펼치라며 그것을 가르칠 필요가 없는 것이다.

'그렇다고 저놈에게 왜곡장 마법의 기초부터 차근차근 이해시키는 방법으로 조금씩 지식을 주입한다면 몇 날 며칠이 걸릴지 알 수 없는 일인데…….'

샤크로서는 베스터가 그래도 공간 이동 마법의 원리를 이해하는 마법사이니 마나 왜곡장 정도는 어렵지 않게 알아들을 수 있으리라 기대했던 것이다.

"이제 마지막으로 설명할 테니 각오 단단히 해라."

"아, 알았다."

베스터는 혹시 죽을지도 모른다는 생각에 최대한 정신을 집중했고, 그로써 샤크의 세 번째 설명을 대부분 이해할 수 있었다.

　물론 그가 완벽하게 이해한 것은 샤크가 한 번 더 반복 설명을 해 주었을 때였지만.

　"케케! 그런 것이었군요. 별로 어렵지 않은 내용인데 제가 잠시 제정신이 아니었습니다."

　"원래 알고 나면 어려운 내용은 없다. 네가 집중하지 않아서 어렵게 느껴졌을 뿐이야."

　"앞으로는 집중해서 듣겠습니다요."

　그사이 베스터는 자신도 모르게 샤크에게 존댓말을 했다. 샤크는 마치 그를 하인 다루듯 했지만, 그 또한 당연하게 받아들였다.

　베스터가 어찌 알 수 있으리오. 그것이 바로 샤크의 신묘한 용하술이라는 사실을.

　<u>츠으으으!</u>

　곧바로 베스터는 샤크에게 배운 대로 그와 샤크의 몸에 마나의 왜곡장을 펼쳤다.

　단 한 번 펼쳤지만 베스터는 마나의 반 정도가 소모된 것을 느끼고 놀랐다.

　그러나 그는 이를 통해 제아무리 드래곤 루켈다스가 강력한 광역 탐지 마법을 펼친다 해도 자신들을 찾을 수 없게 된다는 사실에 들떠 있었다.

"케켓! 펼쳤습니다요. 이제 삼 일만 숨어 있으면 되겠군요."

"후후, 물론이다. 수고했다."

"뭐든 시켜만 주십시오."

베스터는 꾸벅 허리를 숙였다.

'케켓! 이렇게 유쾌한 기분은 처음이다.'

그는 사실 누군가에게 굽실거리는 것이 처음은 아니었다. 그에게는 항상 그래야 하는 대상이 존재했고, 살기 위해서 비굴하게 숙이고 들어가야 하는 건 어쩔 수 없는 일이었다.

그런데 지금은 왠지 기분이 묘했다. 샤크에게 굽실거리면서 조금도 기분이 나쁘지 않고 오히려 신이 났던 것이다.

이대로라면 샤크가 시키지 않아도 그의 입에서 자연스레 마스터라는 말이 나올 것 같았다.

물론 이런 자발적인 충성심의 유도야말로 샤크가 창안한 용하술의 묘리이지만.

'나의 용하술이 녹슬진 않았군.'

샤크는 흐뭇한 표정으로 주변을 쓱 돌아보다 문득 말했다.

"저기 보이는 사슴을 잡아 와라, 베스터."

"예!"

베스터는 즉시 대답했다. 그에게 있어 샤크가 무엇 때문에 사슴을 잡아 오라는지 이유는 중요하지 않았다. 그가 지시하니까 마땅히 해야 한다고 생각했다.

"사로잡습니까? 아니면 죽입니까요? 마……."

심지어 그는 자신도 모르게 마스터라고 할 뻔해 어색한 표정을 지었다. 샤크가 미소 지었다.

"사냥감으로 선택한 것이니 죽여라."

"예!"

"그리고 이제부터 나를 마스터라 불러도 좋다."

"예, 마스터."

베스터는 기다렸다는 듯 힘차게 말하고는 사슴을 향해 매직 애로우를 날렸다.

파악!

"꾸아아아악!"

사슴은 단번에 심장이 뚫려 즉사했다. 베스터는 경량화 마법을 펼쳐 그것을 번쩍 들고 왔다.

"잡아 왔습니다."

"좋아. 그것을 들고 따라와라."

샤크는 근처에 봐 뒀던 작은 동굴로 들어간 후 사슴 고기에 무극지기를 살짝 주입했다. 물론 초신요리법을 펼친 것이었다.

'사슴 고기에는 회복의 기운이 들어 있지.'

멧돼지와 달리 일정 시간 동안 마나를 회복시켜 주는 효과가 있었다.

"이제 고기를 손질해서 일정하게 잘라라. 할 수 있느냐?"

"케케! 그거야 저의 전문 아니겠습니까?"

베스터는 가방에서 작은 칼을 꺼내 아주 능숙하게 사슴 가죽을 벗겨 내고 고기를 손질하기 시작했다.

그의 솜씨는 거구즈나 거트 못지않았다.

이런 걸 보면 대부분의 카치카들은 고기 손질에 있어서는 도가 터 있는 모양이었다.

슥슥슥—

잘 저며진 고기 조각들이 빠른 속도로 쌓였다.

"다 되었습니다, 마스터."

"좋아, 수고했다."

샤크는 살짝 무극지기를 주입해 고기 조각들이 신선도를 유지하게 만들었다. 이런 용도에는 무극지기의 소모가 적기 때문에 별로 부담스러운 일이 아니었다.

꿀꺽!

그때 베스터는 고기에서 상상도 할 수 없는 맛 좋은 향기가 풍겨 나와 미칠 지경이었다.

본래 고기 자체에서 나는 냄새만 해도 카치카인 그로서는 자다가 번쩍 일어날 만큼 향기롭다 할 수 있었다.

그러나 지금 풍기는 사슴 고기의 향은 그와 차원부터가 달랐다.

'으! 이 향은 그때 먹었던 멧돼지 고기 못지않구나.'

그는 당장이라도 고기를 집어 입에 넣고 싶었지만, 샤크의 눈치를 보며 참았다.

그것은 그 스스로 생각해도 대단한 일이었다.

본래라면 나중에 한 소리 들을지언정 일단 입에 한 조각 처넣고 봤을 테니까.

그런데 이상하게 샤크 앞에서는 절제가 되었다.

이와 같은 초인간 아니, 초카치카적인 인내심이 어디서 나오는지 그 자신도 이해가 되지 않을 지경이었다.

"한 점 먹어 봐도 좋다."

그때 샤크가 사람 좋아 보이는 미소를 지으며 말했다.

"예, 마스터."

베스터는 기다렸다는 듯 고기 조각 하나를 입에 넣고 씹었다.

오물오물! 짭짭—

'아! 살살 녹는구나.'

베스터는 눈물이 나올 것 같았다. 살아오면서 음식이 너무 맛있어서 눈물을 흘려본 적이 있었던가. 지금이 바로 그랬다.

그러나 아쉽게도 입 안에 있던 고기는 순식간에 식도를 통해 위장으로 넘어가고 말았다. 베스터는 간절한 눈빛으로 샤크를 쳐다봤다.

그러자 샤크는 고개를 저었다.

"고기를 챙겨라. 한곳에 너무 오래 있는 것은 좋지 못하니 그만 이동해야겠다."

"예."

베스터는 왠지 섭섭했으나 샤크의 지시에 따랐다. 그러던 그가 고개를 갸웃했다.

'이, 이상하군. 마나가 빠르게 회복되고 있다. 그냥 기분 탓인가?'

그는 샤크에게 배운 마나 왜곡장 마법을 펼친 후 마나가 대거 소진되어 내심 초조해하고 있었다. 물론 시간이 지나면 점차 회복되긴 하지만 그 속도는 매우 느린 편이었다.

그런데 사슴 고기를 먹고 나자 갑자기 마나 회복 속도가 몇 배나 빨라졌다. 이대로라면 반나절도 안 되어서 그의 마나는 모두 회복될 것이 분명했다.

"놀랄 것 없다. 그것은 네가 소모한 마나를 빨리 회복시키기 위해 특별한 요리법으로 만든 것이다. 후후, 물론 효력도 효력이지만 맛이 아주 기막히지."

"아! 그럼 혹시 폐허 지하에 있던 그 멧돼지 고기도 마스터께서 만드신 요리였습니까?"

"물론이다. 그것을 먹어 봤느냐?"

"예, 어쩐지 맛이 아주 죽여줬습니다요. 먹고 나니 힘도 불끈 솟았지요. 케케!"

"멧돼지가 보이면 그 또한 만들어 주도록 하겠다. 사슴 고기는 마나 회복용이니 회복 속도가 떨어질 때마다 하나씩 먹도록 해라."

그 말에 베스터의 두 눈이 휘둥그레 커졌다.

"엥? 그럼 더 먹어도 되는 겁니까?"

"당연하지. 그건 모두 네 것이다."

"오오!"

베스터는 믿기지 않았다. 그가 챙겨서 마법 가방에 넣은 사슴 고기 조각은 대략 50여 조각이었다.

그는 그것들을 당연히 마스터인 샤크가 먹을 것이라 생각했다. 그런데 샤크는 그것들을 모두 베스터에게 준 것이다.

물론 샤크가 번거로움을 감수하고 초신요리법을 펼친 이유는 베스터의 마나 왜곡 마법의 효력이 반나절 정도면 사라지기 때문이었다.

즉, 베스터가 반나절마다 한 번씩 마나 왜곡장을 펼쳐 줘야 하는 터라 부득불 그의 마나를 회복시키기 위해 샤크가 번거로움을 감수한 것이었다.

하지만 베스터에게는 그런 효력보다는 맛이 더 중요했다.

'으흐흐! 이런 고기라면 먹다 배가 터져 죽어도 별다른 원이 없을 거야.'

그는 싱글벙글한 표정으로 곧바로 가방에서 고기 한 조각을 꺼내며 말했다.

"케케! 그럼 맛있게 먹겠습니다요."

그러자 샤크는 고개를 저었다.

"한 번에 많이 먹는다고 효력이 늘어나는 것이 아니니 반드시 효력이 떨어진 것을 확인한 후에 먹도록 해라. 마나 회복 용도로 말이야. 영구 보존 마법을 펼쳐 두었으니 상할 염려는 없을 것이다."

"예, 마스터."

베스터는 당장 고기를 입에 넣지 못하는 것이 아쉬웠지만, 왠지 감동에 벅찼다.

'하긴 아무리 맛있다 해도 이 귀한 걸 함부로 먹을 순 없지.'

그는 마나 회복 포션의 값어치가 얼마나 대단한 것인지 잘 알고 있었다.

그런 걸 무려 50개 넘게 가지고 있는 것이다.

'아아, 이 귀한 걸 내게 모두 주시다니……'

그는 급기야 바닥에 넙죽 엎드려 통곡하듯 말했다.

"크흑! 마스터! 미천한 저를 위해 이렇게 귀하고 맛 좋은 요리를 해 주시다니 몸 둘 바를 모르겠습니다."

샤크는 미소 지었다.

"녀석! 고작 그것 정도로 놀라느냐? 네가 열심히 하면 앞으로 더 많은 것을 받게 될 것이다."

"마스터의 명령이라면 무슨 일이라도 마다하지 않겠습니다."

샤크를 보는 베스터의 눈빛이 이글거렸다. 정말로 그는

샤크를 위해서라면 목숨을 바쳐도 아깝지 않다 생각하고
있는 것이다.

그와 같은 베스터의 태도에 샤크 역시 약간은 놀랐다.

물론 그의 용하술이 위력을 발휘하고 있는 것이니 어찌
보면 당연한 일이긴 했지만, 그렇다 해도 베스터의 태도는
과도할 정도였던 것이다.

'역시 먹을 것에 약한 것인가? 인간과 카치카의 차이점
이라면 차이점이겠군.'

그동안 그의 용하술은 인간이나 마왕 혹은 마족들을 대
상으로 뛰어난 효력을 발휘했다. 물론 무자비한 백룡구타
술이 선행되어야 했다.

그런데 베스터에게는 굳이 그럴 필요가 없었다.

그에게는 어떤 협박이나 구타와 같은 것보다도 맛 좋은
음식을 주는 것이 그의 마음을 얻는 가장 좋은 방법인 것
같았다.

그런데 이것이 과연 베스터에게만 통하는 것일까?

그리고 보면 헤나와 시엘 등도 샤크가 만들어 준 멧돼지
고기를 먹고 그 후로 더욱 고분고분해지긴 했다.

이런 식이라면 용하술에 굳이 백룡구타술이 선행되지 않
아도 될 것이다.

먹을 것만 주면 되니 말이다.

물론 아주 특별한 먹을 것이어야 하겠지만.

'그러고 보니 초신요리법이 여러 용도로 쓸 만하군.'

사실 초신요리법을 창안한 것은 전생에서지만, 그것을 실제로 펼쳐 본 것은 이번 생에서이다.

샤크는 별것 아니라 생각했던 초신요리법이 생각보다 엄청난 위력을 발휘할 것 같다는 생각에 흐뭇한 미소를 지었다.

"그만 일어나라, 베스터. 아무리 마나 왜곡장을 펼쳤다 해도 한곳에 너무 오래 있으면 탐지 마법에 걸려들 수 있다."

"예, 마스터."

샤크는 베스터와 함께 동굴을 떠났다.

그렇다 해서 이전처럼 빠르게 달려가거나 하지는 않았다.

'한곳에 정지 상태로 오래 있지만 않으면 탐지 마법에 간파될 염려는 없다.'

샤크는 마치 산책을 하듯 걸으며 베스터에게 칼드 제국과 드래곤들에 대해 물어봤다.

베스터는 그래도 카치카 군단의 상급 참모 중 하나인 터라 하급 병사들인 거구즈나 거트에 비해 알고 있는 내용이 많을 것이란 생각 때문이었다.

과연 그의 기대대로였다. 베스터는 카치카 부대의 편제

나 편성, 그리고 드래곤들에 대해 보다 많은 내용을 알고 있었다.

"현재 칼드 제국에는 40개의 군단이 있습니다. 이 중 드래곤들이 군단장으로 있는 군단은 7개이죠. 나머진 칼드 제국의 인간들로 대부분 상급 귀족들입니다."

"흠, 드래곤들과 동급의 위치를 가진 걸 보면 그들도 꽤 뛰어난 능력을 가지고 있는가 보군."

"그건 아닙니다. 인간 군단장들은 그저 오래도록 칼드 제국에 충성을 해 온 상급 귀족 출신들입니다. 그저 형식적으로 군단장의 자리에 있을 뿐, 실질적인 칼드 제국의 전력은 드래곤들이 군단장으로 있는 7개의 군단에 있다고 볼 수 있습니다."

그 말과 함께 베스터는 일곱 드래곤들에 대해 그가 알고 있는 사실을 모두 샤크에게 말해 주었다.

"골드 드래곤 루켈다스, 실버 드래곤 안젤루스, 레드 드래곤 수피겔, 아이스 드래곤 프루아! 이들 넷은 매우 성질이 난폭한 드래곤들로 저 역시 그중 하나인 루켈다스의 제13군단에 소속되어 있었습니다."

"나머지 세 드래곤은?"

"그들의 존재에 대해서는 저도 알지 못합니다. 다만 베네트 3세가 있는 황궁의 주변에서 그를 수호하고 있다는 얘기만 들었을 뿐입니다."

"드래곤들을 군단장으로 활용할 정도면 베네트 3세는 꽤 대단한 능력을 지니고 있겠군."

"예, 마스터. 드래곤들도 황제를 매우 두려워한다고 했습니다."

샤크로서는 흥미로운 얘기였다.

'역시나 마왕인가.'

드래곤들이 그토록 두려워할 만한 존재라! 샤크로서는 마왕 혹은 마왕에 버금갈 만큼 강한 최상급 마족 정도가 가장 먼저 떠올랐다.

그러나 어디까지나 예상일 뿐이니 확실한 건 추후 확인해 봐야 알게 될 것이다.

계속해서 샤크는 베스터가 알고 있는 르메스 대륙에 대한 각종 지식을 묵묵히 들었다.

"케케! 그래서 칼드 제국의 횡포를 피해 크리오스 왕국으로 목숨을 걸고 도주하는 인간들이 적지 않습니다. 아트리아 숲에 파견된 카치카 수색조들의 주된 임무는 바로 그런 인간들을 척살하거나 체포하는 것이었죠. 지금껏 수많은 인간들이 죽었지만, 개중에는 용케 감시망을 뚫고 크리오스 왕국에 진입했다는 인간들도 있었습니다."

"드래곤들까지 보유한 막강한 전력으로도 크리오스 왕국을 점령하지 못하다니 의외구나. 크리오스 왕국에 드래곤들도 두려워할 만한 뭔가가 있느냐?"

"그건 저도 잘 모르겠습니다. 르메스 대륙의 인간들은 막연히 희망을 찾아 그곳으로 향하고는 있지만, 솔직히 크리오스 왕국에 대해서는 알려진 것이 거의 없습니다. 과연 그곳이 정말 살기 좋은 왕국인지도 알 수 없지요."

"그곳엔 강력한 성기사 부대가 존재한다고 들었는데 아니었느냐?"

그러자 베스터가 돌연 정색을 하고 샤크를 쳐다봤다.

"마스터! 이건 일급기밀에 속하는 내용인데, 제가 알기로 크리오스 왕국에 성기사 부대는 존재하지 않습니다. 모두들 그렇게 알고 있지만, 실제로 그들이 모습을 드러낸 적은 한 번도 없습니다."

"특이하군. 그런데 왜 그런 소문이 들렸던 것일까?"

"아마 누군가 지어낸 이야기가 소문으로 와전된 것 같습니다. 그리고 또 하나 특이한 점이라면 드래곤들도 크리오스 왕국에 진입하기를 매우 꺼려 한다는 점입니다. 심지어 베네트 3세는 그 어떤 일이 있어도 칼드 제국의 국경을 넘어 크리오스 왕국으로 들어가지 말라 명했습니다."

"그럼 누구든 일단 칼드 제국의 국경을 넘어서 크리오스 왕국으로 들어가기만 하면 더 이상 추적을 당하지 않는다는 뜻이군."

"예, 결과적으로는 그렇습니다."

"확실히 그곳에 드래곤들도 두려워하는 뭔가가 있는 것은 분명하구나. 심지어 칼드 제국의 황제도 말이야."

"아마도 그럴 겁니다. 그렇지 않으면 지금껏 칼드 제국에서 크리오스 왕국을 멸망시키지 않고 좌시했을 이유가 없거든요."

베스터도 샤크의 생각에 동조하는 듯했다.

그 후로도 베스터는 눈치껏 그가 알고 있는 내용을 요약해서 샤크에게 들려주었고, 간혹 샤크가 관심 있어 하는 부분은 좀 더 상세히 설명해 주었다.

대부분은 샤크가 그다지 관심을 가질 만한 내용이 아닌 상식적인 부분이었는데, 거신의 무덤에 대한 얘기는 그의 흥미를 끌었다.

Chapter 3

실버 드래곤 안젤루스

"거신의 무덤이라 했느냐?"

"예. 그것은 르메스 대륙의 고대 전설입니다. 저도 얼마 전 드래곤 루켈다스에게 들어서 알게 되었습니다. 실은 제가 본래 살고 있던 펠라드 대륙에도 이와 비슷한 전설이 있었는데, 설마 르메스 대륙에도 그런 전설이 있을 줄은 몰랐습니다."

"동떨어진 두 개의 대륙에 같은 전설이 있다니 특이하긴 하군."

"예."

베스터 역시 거트나 거구즈처럼 3년여 전에 이상한 포탈

마법진을 타고 펠라드 대륙에서 르메스 대륙으로 넘어왔다
고 했다.

"고대에 거신이라는 무서운 존재들이 있었는데, 거신의
무덤은 바로 그들이 잠든 곳입니다. 그저 허황된 전설인 줄
알았는데, 루켈다스는 그것이 실존할 뿐 아니라 엄청난 보
물이 숨겨져 있는 곳이라 했습니다. 마스터께서 잠시 지내
셨던 폐허의 지하가 바로 그곳 중 하나입니다."

"그런 것이었군."

샤크는 비로소 흑룡이 통과하고 있는 지하 관문의 정체
를 짐작할 수 있었다.

'흠, 어쩐지 이상한 보물 상자들이 튀어나온다 했더니.'

그리고 보면 그 무덤의 존재는 오랜 세월 동안 비밀로 묻
어져 있다가 샤크에 의해 발견된 것이었다.

샤크가 폐허 지하의 방 한 곳에 위치한 마법진의 비밀을
풀지 않았다면, 루켈다스 역시 그곳에 거신의 무덤이 있다
는 사실을 알지 못했을 것이다.

'의외로 흥미로운 부분이 많은 세계로군.'

고대 거신이라는 자들이 대체 얼마나 대단한 존재들이었
는지는 모르겠지만, 드래곤들도 그들의 보물에 눈독을 들
이는 것을 보면 범상치 않은 능력을 가졌던 것임에는 틀림

없었다.

'어쨌든 보물을 챙겨야겠지.'

솔직히 초월자인 그에게는 아무리 대단한 보물이라 해도 별 필요가 없었겠지만, 적어도 지금은 인간의 몸이다 보니 보물은 많을수록 좋았다.

물론 흑룡이 알아서 잘 챙길 것이다. 그중 대부분은 샤크에게 가져다줄 것이고 말이다.

샤크는 흐뭇한 미소를 지었다. 인간의 입장에서 생각하니 보물을 얻는다는 건 무척 행복한 일이었던 것이다.

그러다 그는 문득 생각에 잠겼다.

'그건 그렇고, 크리오스 왕국은 대체 어떤 곳일까? 드래곤들도 들어가길 꺼려하는 곳이라니, 심지어 그들의 로드인 황제조차 두려워하는 곳이라니 여러모로 특이하구나.'

보통 이러한 일은 강대국의 국경을 앞에 둔 소국에서 벌어지는 일이었다.

칼드 제국의 힘이 보다 강력하다면 어찌 감히 크리오스 왕국의 국경 침입을 하는 것조차 두려워하겠는가.

결론적으로 샤크가 볼 때는 크리오스 왕국이 비록 왕국이라는 이름을 달고 있지만, 국력은 칼드 제국에 비할 수 없이 강력한 것이 분명했다.

'혹시 그곳에 용자라도 있는 건가?'

만일 용자가 있다면 제법 강한 용자일 것이다. 웬만한 용자가 아니라면 적어도 마왕급으로 추정되는 황제 베네트 3세가 그토록 몸을 사리지 않을 테니 말이다.

샤크는 마왕 출신이며 적지 않은 마왕을 만나 봤기에 그들이 어떤 기질을 가졌는지 잘 알고 있었다.

마왕들은 설사 자신보다 강한 용자라 해도 어지간해선 자존심을 굽히거나 몸을 사리지 않는다.

나중에 패해 도주할망정 일단은 도발하고 전쟁을 거는 것이 그들의 방식이다.

그런데 지금 이 상태라면 도발 자체도 못하고 있는 상황이 아닌가? 그것은 그야말로 상대가 압도적으로 강한 경우에만 벌어지는 일이었다.

혹시 크리오스 왕국에 무슨 절대용자라도 있다는 말인가?

그럴 리는 없었다.

만일 절대용자가 있다면 르메스 대륙에서 벌어지고 있는 참사를 좌시하고 있지 않을 테니까 말이다.

아니면 무슨 다른 사정이 있던가.

'추측만으로 단정할 수 있는 건 없으니 가서 직접 확인

해 보는 게 낫겠군.'

이제 샤크는 굳이 헤나와의 약속 때문이 아니더라도 크리오스 왕국이란 곳에 꼭 가 보기로 했다.

바스락.

그렇게 샤크가 상념에 잠긴 채 베스터와 함께 걷고 있던 중 근처의 수풀에서 멧돼지 한 마리를 발견했다.

"마스터! 멧돼지입니다."

"잡아라. 그렇지 않아도 배가 슬슬 고픈 참인데 잘됐구나."

"옛!"

베스터는 신이 나서 멧돼지를 향해 매직 애로우를 발사했다.

팍—

"꾸에엑!"

머리를 관통당한 멧돼지는 단번에 즉사했다. 베스터는 그것을 번쩍 들고 샤크 앞으로 가져왔다.

츠으으읏—

샤크는 즉시 멧돼지 사체에 초신요리법을 펼쳤다.

"되었으니 이제 손질해라."

"옛, 마스터."

베스터는 아주 능숙한 솜씨로 멧돼지 가죽을 벗겨 내고 살을 일정한 크기로 잘라 냈다.

삭! 사악—

샤크는 다시 그것들에게 보존 마법을 펼친 후 말했다.

"이건 일단 실컷 먹도록 하자. 남은 고기는 그 마법 가방에 보관하면 되겠지."

"케케! 알겠습니다요. 꿀꺽!"

샤크가 실컷 먹자는 말에 베스터는 이게 꿈인지 생시인지 알 수 없었다. 그는 잽싸게 가장 먹음직해 보이는 고기를 들어 샤크에게 내밀었다.

"마스터! 드십시오."

"불을 피워라. 난 날로 먹지 않는다."

"예, 그럼 저도 구워 먹겠습니다."

베스터는 곧바로 모닥불을 피운 후 고기를 꼬치에 끼워 구웠다.

지글지글—

잠시 후 고기는 먹기 좋게 구워졌고, 샤크와 베스터는 배가 터지도록 고기를 먹었다.

"먹을 만하느냐?"

"케케! 예, 마스터. 정말로 둘이 먹다가 둘이 다 죽어도

모를 정도입니다. 특히 오랜만에 구워 먹으니 의외로 맛이
있군요."

베스터 역시 펠라드 대륙에 있을 때는 고기를 날로는 거
의 먹지 않고 익혀 먹었다고 했다. 그런데 르메스 대륙으로
온 3년 전부터 피가 뚝뚝 떨어지는 고기를 날로 삼키게 되
었다고 했다.

"듣자 하니 너희 카치카가 본래 인간이었다는 전설이 있
던데, 그건 어떻게 생각하느냐?"

그것은 거구즈 등이 말해 준 내용이었다. 그러자 베스터
는 고개를 끄덕였다.

"오래전 마법을 가르쳐 준 스승님께서 하신 말로는 그것
은 전설이 아니라 틀림없는 사실이라고 들었습니다. 펠라
드 대륙의 카치카들은 고대에 인간이었었는데 사악한 마왕
의 저주를 받아 카치카로 변했다고 했습니다."

"흠."

"그러나 겉모습은 카치카로 변한 반면 내면은 인간 그대
로였는지도 모릅니다. 어디까지나 제 생각이지만 카치카들
이 인간들과 친화적이었던 이유도 바로 그 때문인 것 같습
니다."

베스터는 마법사다 보니 거구즈 등보다 좀 더 정확한 지

식을 갖고 있었다.

그러나 그렇다 해도 거기까지였다. 그 역시 그 이상은 알고 있지 못했다.

샤크는 고개를 끄덕이며 속으로 생각했다.

'무극지기가 회복되면 카치카들의 저주를 풀어 줄 수 있는지부터 확인해 봐야겠군.'

다른 이도 아닌 마왕에 의해 카치카로 변한 것이라면 얼마나 억울하겠는가. 그것도 한 명도 아니고 펠라드 대륙에 존재하는 수많은 인간들에게 그와 같은 저주가 펼쳐진 것이니 말이다.

물론 그것이 아득한 고대에 있었던 일이라면, 당시에는 그리 많은 숫자가 아닐 수도 있을 것이다. 하지만 그 이후로 카치카들이 번식을 통해 개체 수가 많이 늘었을 가능성도 높았으니까.

'베스터의 조상들에게 내려진 저주가 자손들에게까지 대물림되어 영원히 카치카로 살게 만드는 저주라니. 어떤 녀석인지 몰라도 상당히 무서운 저주를 퍼부었군.'

그렇게 샤크가 생각을 정리한 후 말했다.

"이제 그만 모닥불을 꺼라. 한곳에 너무 오래 있는 것은 좋지 않으니 말이야."

"예, 마스터."

베스터가 막 모닥불을 끄려 할 때였다. 누군가 불쑥 모닥불이 있는 곳에 나타나더니 털썩 주저앉는 것이 아닌가.

"흐음, 대체 이 맛 좋은 냄새는 뭐지? 내가 지금껏 많은 요리를 먹어 봤지만 이렇게 향기로운 냄새는 처음이로군."

멋들어진 은발을 흩날리는 청년이었다. 그는 힐끗 샤크를 쳐다보더니 빙긋 웃었다.

"후후, 인간이 그와 같은 멋진 은발을 가지고 있다니 특이하군. 게다가 나보다 더 잘생긴 녀석이 있다니 은근히 자존심 상하는걸."

그는 마치 오래전부터 이곳에 있었던 것처럼 자연스럽게 말했다.

그러나 샤크는 내심 놀란 상태였다.

'기척을 속이고 나에게 접근하다니, 역시 드래곤인가?'

샤크는 자신과 같은 은발을 가진 청년의 정체가 드래곤이라는 사실을 본능적으로 간파했다.

'루켈다스는 아니고, 모습을 보니 성질 더러운 드래곤 중 하나라는 실버 드래곤 안젤루스인가 보군.'

그는 이미 드래곤들의 외모에 대해 베스터로부터 상세히 들은 터라, 이 앞에 능청스럽게 앉아서 친한 척하는 청년의 정체를 단번에 파악했다.

'냄새가 밖으로 새나가지 않도록 조치했는데 이곳을 찾아오다니.'

그렇게 루켈다스만 신경 쓰다 보니 가히 신의 후각을 지니고 있다는 안젤루스를 간과한 것이었다.

물론 안젤루스가 드래곤들 중에서도 유독 후각이 뛰어날 뿐 아니라 상당한 탐식가이기도 하다는 사실을 그가 어찌 알 수 있었겠는가.

어쨌든 샤크는 긴장했다. 베스터를 통해 루켈다스의 위협에서 벗어났다 생각했는데, 이런 예측 못 할 상황에 처하게 될 줄이야.

'안젤루스가 날 찾아온 이유는 무엇인가? 혹시 날 잡아 루켈다스에게 넘기려는 건가?'

드래곤들이 모두 베네트 3세의 부하로 한통속이긴 하지만, 베스터에게 듣기로는 서로 사이가 좋지 않다고 하니 조금은 희망을 가져 봐도 될 것 같았다.

'어떻게든 시간을 끌어 봐야겠군.'

그러나 최악의 상황이 닥칠 수도 있으니 마음의 대비를 해 둘 필요는 있었다.

우걱우걱! 짭짭!

그런데 그때 안젤루스가 샤크의 동의도 받지 않고 당연하다는 듯 고기를 날로 입에 넣고 씹었다.

"우음! 이렇게 맛있을 수가! 냄새만 그럴듯한 것이 아니라 맛도 기막히구나."

바닥에 쌓인 고기를 입으로 집어넣는 그의 손동작은 가히 광속에 가까울 정도였다. 수북하게 쌓여 있던 고기가 순식간에 사라지고 있었다.

한편 그때 베스터는 3년 전 안젤루스의 모습을 멀리서 한 번 봤던 적이 있던 터라 단번에 그를 알아보았고, 그대로 공포에 질려 얼어붙어 버렸다.

입을 쩍 벌리고 어쩔 줄 모르고 있는 그를 안젤루스가 힐끗 노려보더니 말했다.

"입 닫아라. 널 죽일 생각은 없으니까."

"예, 옛!"

베스터는 흠칫 놀라며 입을 닫았다. 안젤루스는 샤크를 향해 물었다.

"인간, 네가 이 카치카 녀석의 몸에 심어진 변동 좌표를 건드렸느냐?"

다 알고 왔으면서 굳이 묻는 이유는 뭔가? 샤크는 고개를 끄덕였다. 어차피 속인다고 속일 수 있는 상황이 아닌 것이다.

"그렇다."

"그렇다……? 지금 그렇다, 라고 말했느냐, 인간?"

"그래. 그게 뭐가 잘못되었는가?"

안젤루스는 돌연 멍한 표정으로 샤크를 바라봤다. 감히 인간 따위가 자신에게 반말로 대답을 하는 것이 너무도 기가 막혔기 때문이었다.

칼드 제국의 최상위 귀족들, 혹은 군단장들조차 안젤루스 앞에서는 감히 고개를 들지도 못했다.

르메스 대륙에서 안젤루스에게 반말을 할 수 있는 존재는 로드인 베네트 3세 이외에는 다른 드래곤들뿐이었다.

그런데 감히 하찮은 인간이 아주 당연하다는 듯 자신에게 반말을 하고 있었던 것이다.

우걱우걱! 쩝쩝!

그런 와중에도 안젤루스의 입은 바쁘게 움직였다. 그는 고기를 두어 점씩 연신 입에 집어넣었고, 양 볼이 미어지도록 씹어 대다 꿀꺽 꿀꺽 집어삼켰다.

"쩝쩝! 내가 지금 모처럼 맛있는 음식을 먹어 기분이 좋지 않았다면, 인간 네놈의 주둥이를 찢어 버렸을 것이다. 그러나 나의 기분은 언제든지 나빠질 수 있으니 지금이라도 태도를 바꾸는 것이 어떠냐, 인간? 설마 너는 지금도 내가 누구인지 모르고 있는 것은 아니겠지?"

샤크의 입가에 차가운 냉소가 피어났다.

"실버 드래곤 안젤루스. 그가 바로 너 아닌가?"

어차피 이렇게 된 이상 안젤루스에게 비굴하게 구걸하며 삶을 연명할 만큼 샤크의 성격이 인간스럽지는 않았다.

'제길! 그나마 인간답게 한번 살아 보려고 하는데 도무지 그럴 기회를 안 주는군.'

한편 샤크가 대놓고 자신의 이름을 들먹이면서도 불손한 태도를 보이자, 안젤루스의 인상이 험악하게 구겨졌다.

"큭! 네놈은 내가 누구인지 아주 정확하게 알고 있구나. 그런데도 그따위 태도를 보이는 건 더 이상 살고 싶지 않다는 것이겠지?"

순간 샤크가 피식 웃었다.

"지금 네가 날 죽이는 건 별로 어려운 일이 아닐 것이다. 그러나 그런 일을 벌일 경우 너는 조만간 세상에 태어난 걸 후회하게 될 것이다."

"후회라? 내가 너를 죽인 후 후회하게 된다는 말이냐?"

"그렇다."

안젤루스의 두 눈이 이글거렸다. 그는 입 속에서 우물거리던 고기를 퉤하고 바닥에 뱉었다.

"크큭! 어디 한번 말해 보아라. 내가 어떻게 세상에 태어난 걸 후회하게 될 거라는 건지."

그러자 샤크는 의미심장한 미소를 지으며 말했다.

"나에게는 매우 힘이 강한 형님이 있다. 그는 웬만한 마왕 정도는 손짓 하나로 해치울 만큼 강하지."

"큭!"

안젤루스는 다시 어이없어하는 표정을 지었다. 마왕을 손짓 한 번으로 해치우는 존재가 있다니, 정말 갈수록 가관이 아닌가.

"그런 말도 안 되는 황당무계한 얘기를 지어내다니! 정말 네 녀석의 머릿속에는 뭐가 들어 있는지 궁금하구나. 배짱 하나는 인정해 줄 만하지만, 너는 내가 그따위 말을 믿을 것 같으냐?"

"믿건 안 믿건 그건 너의 자유다."

"크하하하! 좋다, 인간. 일단 그걸 믿는다 치자. 그래서 어쩐다는 거냐? 그런 형님이 네게 있으니 내가 널 죽이면 그가 와서 내게 복수라도 한다는 건가?"

"물론이다. 그의 방침은 혈채(血債)를 천배 이상으로 돌려주는 것이지. 아마도 그는 일단 너의 모든 뼈를 자근자근 부쉈다가 다시 복원하고 다시 부수기를 천 번쯤 반복할 것이다. 그리고 네가 가진 모든 마나를 뽑아 버린 후 하급 몬스터로 만들어 평생을 부려 먹다가, 네가 수명이 다해 죽으면 다시 언데드로 만들어 영원한 노예로 만들 것이다."

샤크는 담담히 말했지만, 안젤루스는 순간 등골이 서늘해졌다. 그야말로 개소리에 불과하다 생각하면서도 이상하게 섬뜩한 기분이 드는 것이 아닌가?

'감히! 하찮은 인간 놈 따위가!'

안젤루스는 대로했다. 그의 은발이 거칠게 나부끼며 그 사이로 두 개의 홍채가 핏빛으로 번뜩였다.

"크크크! 그렇다면 그 전에 너부터 그렇게 만들어 주지. 일단 인간 너의 모든 뼈를 다 부수고 복원하기를 천 번만 해 주마."

"그거야 너의 자유겠지."

샤크는 시큰둥하게 대답했다.

그러나 안젤루스가 어찌 알리오. 샤크는 사실 일부러 그를 도발하여 고초를 자초한 것이었다.

'잘됐군. 그 짓을 천 번 반복하다 보면 삼일 정도는 우습게 지나가겠지.'

샤크가 생각하는 그 짓이란 물론 전신의 뼈가 부서졌다

가 다시 복원되는 것을 의미했다.

인간은 그 지경이 되면 뼈가 복원되기 전에 죽겠지만, 드래곤의 능력이라면 충분히 죽이지 않고도 그와 같은 고통을 느끼게 만들 수 있을 것이다.

'고통이야 얼마든지 견뎌 주지. 대신 나중에 천배로 갚아 주마.'

샤크의 입가에 싸늘한 미소가 맺혔다.

아아, 안젤루스가 어찌 짐작이나 할 수 있을까?

그가 만일 샤크에게 그 짓을 천 번만큼 반복할 경우 추후 그는 샤크에게 천 번의 천배, 즉, 백만 번을 당해야 할 것이라는 사실을.

"⋯⋯!"

일순 무의식적으로 뭔가 아주 꺼림칙한 기분을 느낀 것일까? 당장이라도 샤크의 뼈를 잘근잘근 부숴 버리려던 안젤루스가 돌연 어깨를 으쓱하더니 픽 웃었다.

"쿳! 아주 골통 같은 녀석이로군. 루켈다스 놈이 왜 그리 너를 잡으려 혈안이 되어 있는지 알겠구나."

"조만간 루켈다스는 피눈물을 흘리게 될 것이다. 너 또한 후회할 짓을 하지 말고, 그만 네 갈 길을 가는 게 어떠냐?"

그러자 안젤루스는 코웃음 쳤다.

"너를 당장이라도 죽여야 분이 풀리겠지만, 그렇게 되면 저 맛있는 요리를 또 맛볼 수 없을 테니 당분간 살려 두겠다. 대신 너는 하루에 한 가지씩 내게 맛있는 요리를 만들어 바쳐야 한다. 맛이 떨어지는 순간 네놈의 목숨은 끝이다."

"요리를 하라고?"

"물론이다."

샤크는 뜻밖이라는 듯 멍한 표정을 지었다. 다른 것은 몰라도 요리를 해 주는 정도라면 그다지 굴욕적인 일도 아니었고, 오히려 시간을 벌기에는 좋았다.

"뭐, 어려운 일은 아니로군. 그렇게 하도록 하지. 그러나 너는 머지않아 나를 감히 요리사로 부려 먹은 대가를 톡톡히 치르게 될 것이다."

순간 안젤루스의 인상이 다시 구겨졌다.

"으득! 건방진 놈! 언젠가 그놈의 주둥이를 콱 찢어 버리고 말 테다."

정신 나간 인간 놈 하나 죽이는 것이야 언제든 할 수 있는 일이지만, 맛있는 요리는 항상 먹을 수 있는 것이 아니다.

그래서 안젤루스는 참았다. 그것은 그가 식탐 드래곤이자 미식가 드래곤이었기 때문에 가능한 일이었다.

그는 한동안 매일 맛있는 요리를 먹을 생각에 군침이 돌았다. 물론 속으로는 이를 갈았다.

'네놈의 요리 솜씨가 아무리 좋아도 내 입맛에 질릴 날이 오겠지. 그때 나는 네놈의 뼈를 잘근잘근 부쉈다가 복원시키기를 딱 천 번만 반복하겠다. 네놈이야말로 태어난 걸 후회하게 해 주마.'

곧바로 그는 샤크와 베스터를 끌고 제7군단의 본거지이자 그의 거처가 있는 아루드 성으로 이동했다.

Chapter 4

고대 거신병(巨神兵)

아루드 성은 칼드 제국의 서쪽 국경 지역에 위치해 있었다.

성은 내성을 중심으로 다섯 개의 외성에 겹겹이 둘러싸여 있었는데, 내성 쪽으로 갈수록 지대가 높아졌다.

따라서 내성의 성벽이나 망루 위에서는 멀리 크리오스 왕국의 국경도 잘 보일 정도였다.

그곳은 특이하게도 짙은 안개로 가려져 있었는데, 베스터의 말에 의하면 저곳의 안개는 단 한 번도 걷힌 적이 없다고 했다.

샤크가 있는 곳은 내성에 위치한 거대한 탑이었는데, 이 탑은 무려 30층으로 이루어진 거대 건물이었다.

본래라면 탑은 위층으로 올라갈수록 폭이 좁아져야 안정적이지만, 이 탑은 그런 것은 무시한 채 울퉁불퉁 제멋대로 지어져 있었다.

물론 그렇다 해서 이 탑이 안정적이지 않은 것은 아니었다. 탑 전체에 강력한 마법진들이 둘러져 있었기에 지진이 나서 아루드 성이 몽땅 가라앉는다 해도 탑은 꿈쩍도 하지 않을 것이다.

특히 샤크는 탑의 정체를 단번에 알아봤다.

'드래곤의 레어를 탑 형태로 변형시켜 통째로 가져다 놨군.'

다시 말해 이 탑이야말로 아루드 성의 진정한 실체였다. 이 탑을 제외한 내성이나 외성들은 그저 껍데기에 불과할 뿐이었다.

게다가 안젤루스가 얼마나 심혈을 기울였는지 각층의 면적은 영구 공간 확장 마법을 통해 본래보다 수십 배 이상 확장되어 있었다.

30층 전체가 그런 식이니 그 비싸다는 마정석을 쏟아부었다고 봐야 할 것이다. 안젤루스는 부유하기로 따지면 예전 샤크가 봤던 어지간한 마왕 못지않았다.

하긴 안젤루스는 가히 1만 년 가까이 살아온 고룡급 드래곤이니 그가 이 정도 재산을 갖고 있다 해서 특이할 만한 것은 없으리라.

안젤루스는 30층 전체를 자신의 거처로 사용하고 있었는데, 요리사인 샤크가 배정받은 거처는 29층에 위치해 있었다.

29층에만 무려 수백여 개의 방이 존재했고, 그중 하나의 조리실 옆에 붙어 있는 큼직한 방이 샤크의 거처가 되었다.

베스터는 어디로 끌려갔는지 보이지 않았고, 샤크는 하루 종일 주방에서 요리를 만들어야 하는 신세였다.

물론 그렇다 해서 샤크가 순순히 시키는 대로 종일 요리나 만들고 있을 위인은 아니었다.

안젤루스가 보조라며 붙여 준 고블린 요리사들에게 대부분의 일을 시킨 후 그는 어쩌다 한 번씩 초신요리법만 펼쳐 주면 되었다.

그리고 남은 시간은 방에 앉아 조용히 무극지기를 쌓는 데 집중했다.

'한편으로 편하기는 하지만 어쨌든 대가는 치러야 할 것이다, 안젤루스.'

샤크의 두 눈이 이글거렸다.

무극지기는 생존의 위기가 커질수록 빨리 쌓인다.

드래곤의 노예가 되었다는 것은 그에게 있어 생존의 위기보다 더한 자존심 문제이기에 무극지기가 쌓이는 속도는 불가사의할 정도로 빨랐다.

이대로라면 앞으로 굳이 한 달까지 가지 않고 대략 20일 정도만 지나도 안젤루스의 머리채를 붙잡아 바닥에 패대기 칠 정도의 능력은 가질 수 있을 것이다.

그렇게 하루가 지났다.

샤크의 일상은 변화가 없었다. 그는 요리를 잠깐 하고 방 안에 앉아 있었다.

이 방에 좋은 점이 있다면 창문을 통해서 탁 트인 전망을 바라볼 수 있다는 것이다.

창문의 크기는 매우 작아서 그곳을 통해 탈출하기란 불가능했고, 그저 바깥을 바라볼 수 있을 정도만 되었다.

설사 창문 크기가 크다 해도 마법진으로 도배 되어 있는 이 탑을 벗어나기란 불가능할 것이다.

물론 샤크가 작정하면 탈출이 불가능하지는 않았다. 그는 이미 안젤루스가 펼쳐 놓은 모든 마법진들을 다 파악했을 뿐만 아니라, 그것들을 무력화하는 방법도 모두 알고 있었기 때문이다.

따라서 창문만 살짝 부순 후 비행 마법을 펼쳐 유유히 날아가면 탈출은 완료되리라.

그러나 그렇게 되면 안젤루스의 추적이 시작될 것이며 금세 다시 붙잡히게 될 것이다.

'쓸데없는 짓이지.'

샤크는 당연히 탈출할 생각이 없었다.

그냥 앞으로 20여 일 정도만 지나면 이 아루드 성이 그의 소유가 될 것인데, 왜 그런 번거로운 일을 하겠는가.

어쩌면 좀 더 빨리 그날이 다가올지 모른다. 앞으로 이틀 후 흑룡이 거신의 무덤에서 뛰쳐나오게 되면 그때부터 드래곤들에게는 재앙이 벌어질 수도 있을 테니까.

따라서 샤크는 느긋한 마음으로 창문 밖을 바라봤다.

그러다 그의 시선이 멀리 짙은 안개로 가려져 있는 크리오스 왕국의 국경에 고정되었다.

'그러고 보니 저 안개가 심상치 않군. 절대 평범한 안개가 아니야.'

웬만한 마법이나 결계로 형성된 것이라면 샤크는 단번에 그것을 알아봤을 것이다.

그러나 저 안개는 그와는 전혀 다른 힘이었다.

그것은 범상적인 마나나 마법의 위력을 능가하는 힘임을 의미했다.

'설마 차원력인가? 좀 더 가까이 가 보면 알 수 있을 텐데, 아쉽구나. 그보다 국경 지대에 저것이 자연적으로 생성된 것이 아니라면, 크리오스 왕국에는 예상보다 대단한 존재가 있을 수도 있겠군.'

샤크는 팔짱을 낀 채 생각에 잠겼다.

아직은 추정일 뿐이었다.

만일 차원력을 다룰 수 있는 자라면 그는 초월자의 경지에 들어섰다고 볼 수 있기 때문이다.

물론 그렇다 해서 그것이 샤크를 두렵게 할 수는 없었다. 그는 차원력의 초월자와는 비할 수 없이 가공할 만한 혼돈력의 지배자이니까.

'어쨌든 웬만큼 힘을 회복할 때까지는 섣불리 초월자를 자극하지 않는 게 낫겠어. 또 귀찮은 일이 벌어질 수도 있으니 말이야.'

초월자와 시비가 붙게 되면 골치 아파진다.

물론 최악의 사태가 벌어져 초월자에 의해 죽임을 당한다 해도 샤크는 다시 부활하겠지만, 그런 과정은 무척이나 번거로운 일이었다.

따라서 샤크는 흑룡이 드래곤을 이길 능력을 갖게 되면 곧바로 안젤루스와 루켈다스 등을 손봐 주고 칼드 제국을 뒤집어엎어 버리겠다는 계획을 전면 수정했다.

흑룡은 헤나와 리닌 등을 지켜주며, 그녀들이 위험에 처했을 때와 같은 부득이한 상황에만 전투를 벌이도록 한다.

그리고 샤크는 가능하면 능력을 드러내지 않는다.

어차피 요리사 노릇이야 크게 어려운 것 없으니까.

기분이야 조금 더럽긴 하지만, 조용히 있기만 한다면 사실 이곳처럼 안전한 장소는 없다고 볼 수 있는 것이다.

'그나저나 이번에는 최대한 인간처럼 살고 싶었는데 결국은 이렇게 되는 건가.'

샤크는 쓸쓸히 웃었다.

흑룡은 몰라도 샤크 자신만은 인간스럽게 즐기며 살고 싶었다. 그런데 이곳 르메스 대륙에도 차원력을 다룰 만한 존재가 있다면, 샤크는 최대한 빨리 초월자의 경지에 이르러야 할 것이다.

'헤나 등을 크리오스 왕국으로 데려다주는 일은 흑룡에게 시키도록 하자. 나는 당분간 여기서 요리사로 살아가는 거다.'

어찌 되었건 약속은 지켜야 한다. 가능하면 빠르게!

비록 샤크가 아닌 흑룡이 그 약속을 지킨다 해도 둘은 하나이니 누가 지키든 상관없는 것이다.

그렇게 다시 하루가 지났다.

오늘도 샤크가 초신요리법을 통해 만든 요리는 안젤루스를 흡족하게 했다.

"크하하하! 좋아. 오늘도 요리가 마음에 드는구나. 덕분에 네 녀석은 하루의 삶을 더 얻었다. 아, 그리고 이거랑 똑같은 걸로 저녁때도 한 번 더 요리를 해 가져오너라."

"하루 한 번뿐이다. 귀찮게 굴지 마라."

샤크는 시큰둥한 표정으로 대꾸했다. 그러자 안젤루스가 인상을 구겼다.

"죽고 싶으냐?"

"날 죽일 배짱이 있다면 죽여 봐라."

"으으! 내가 네놈 때문에 진짜 미친다!"

안젤루스는 자신의 탐스러운 은발을 양손으로 쥐어뜯으며 샤크를 노려봤다. 마음 같아서는 당장이라도 샤크를 때려죽이고 싶었지만 차마 그럴 수 없었다.

'저놈이 죽으면 매일 맛없는 요리만 먹게 될 텐데.'

어쩔 수 없이 그는 한숨을 내쉬며 말했다.

"그럼 네가 어떤 요리든 한 번 해 줄 때마다 너의 생명을 하루씩 더 연장시켜 주겠다. 이를테면 네가 하루에 다섯 번 요리를 하면 너의 삶은 오 일 더 연장되는 것이라 할 수 있지. 어떠냐?"

"나쁘지 않군. 그런 조건이라면 오늘 저녁에 한 번 더 해 주도록 하지."

샤크는 알았다는 듯 고개를 살짝 끄덕였다.

"으득! 건방진 놈! 하지만 나의 입맛에 맞지 않는 요리가 나올 경우 그때가 바로 네놈이 죽는 날이라는 것을 잊지 마라."

"글쎄! 그럴 일은 없을 거다."

샤크는 픽 웃으며 안젤루스의 방을 나왔다. 그가 초신요 리법을 펼치는 한 미식가이자 탐식가인 안젤루스는 사실상 그의 노예가 된 것이나 다를 바 없었다.

나중에 가면 굳이 물리적인 힘을 행사하지 않고도 그저 요리만으로 그를 말 잘 듣는 강아지처럼 만들어 버릴 수도 있을 것이다.

'그나저나 이틀이 지났군.'

그는 그럭저럭 잘 생존하고 있었다. 그리고 이제 하루만 더 지나면 흑룡은 루켈다스를 이길 힘을 갖게 될 것이다.

한편 오우거 형상의 드래곤 수피겔은 멀리 칼드 제국의 북부에 위치한 얼음 바다의 상공에서 경악 어린 표정으로 아래를 내려다봤다.

저 아래에는 아이스 드래곤 프루아가 특유의 푸른 머리카락을 휘날리며 흑색 장검을 치켜들고 있었고, 그 앞에서 골드 드래곤 루켈다스가 잔뜩 주눅 든 표정으로 가식적인 미소를 지으며 프루아의 비위를 맞춰 주고 있었다.

'프루아가 고대 거신의 무기를 얻었다는 말인가. 그것도 거신 라도스의 검을!'

수피겔은 지난 이틀 동안 아트리아 숲을 뒤져 봤지만 별다른 흥밋거리를 발견하지 못했다.

물론 그는 폐허 주변에 루켈다스가 펼쳐 놓은 결계를 발견하긴 했다. 루켈다스가 무엇 때문에 그곳을 결계로 가려 놓았는지 알 수 없었지만, 굳이 그곳 결계를 파괴해 안을 세세히 살펴볼 생각까지 들지는 않았다.

그것은 루켈다스에게 작정하고 전쟁을 거는 것이나 마찬가지라 단순히 호기심 때문에 그의 결계를 파괴할 수는 없기 때문이었다.

따라서 수피겔은 혹시나 싶어 북부 얼음 바다에 위치한 이곳 프루아의 거처로 와 봤는데, 아주 뜻밖의 광경이 펼쳐져 있어 깜짝 놀랐다.

그는 프루아가 루켈다스에게 끝도 없이 반복하여 떠벌리

는 자랑질을 들었고, 그로 인해 그녀가 고대 거신병인 라도스의 검을 얻었다는 사실을 알게 되었다.

'르메스 대륙에 존재하는 거신의 무덤은 아득히 오래되었고, 그곳에 있던 보물들은 모두 트레저 헌터들이 챙겼다고 들었는데, 설마 아직도 저런 보물이 남아 있었던가.'

수피겔은 프루아가 부러워 미칠 지경이었다. 당연히 부럽다 못해 배도 아팠다.

그러다 문득 루켈다스의 초조해하는 표정을 보며 한 가지 생각을 떠올렸다.

'가만! 혹시 그곳이 거신의 무덤 아닐까?'

루켈다스가 결계를 펼쳐서 감춰 둔 폐허가 왠지 수상했다.

만일 그곳이 거신의 무덤이 틀림없으며, 혹시라도 고대 거신병과 같은 보물이 아직 남아 있다면?

본래라면 이런 황당무계한 추측 따위는 하지 않았겠지만, 프루아가 들고 있는 라도스의 검을 보게 되자 수피겔은 말 그대로 두 눈이 뒤집힌 상태였다.

'그러고 보니 루켈다스 놈이 쓸데없이 그런 폐허 주변에 결계를 펼쳐 놓진 않았겠지.'

거신의 무덤은 폐허의 지하 같은 곳에 보통 위치해 있다. 그 생각을 하자 그는 왠지 더욱 초조해졌다.

'일단 가서 뒤져 보자.'

만일 그런 보물이 있다면 뒷일 따위를 따져가며 망설일 때가 아니었다. 나중에 루켈다스와 철천지원수가 될지라도 일단 보물부터 챙기고 봐야 하는 것이다.

특히 그곳에서 고대 거신병이라도 하나 얻게 된다면 이후로 수피겔은 루켈다스를 조금도 두려워할 필요가 없었다.

저 아래서 벌어지고 있는 사태가 그것을 증명했다.

순수한 전투력만을 따진다면 본래 루켈다스가 프루아보다 약간 우위에 있었다.

그러나 프루아의 손에 고대 거신병인 라도스의 검이 들린 순간 루켈다스는 감히 그녀 앞에서 도주조차 생각 못 할 만큼 주눅이 들어 있는 상태였던 것이다.

'루켈다스 네놈은 계속 그러고 있거라.'

수피겔은 회심의 미소를 지으며 아트리아 숲으로 공간 이동했다.

츠으읏!

잠시 후 그가 나타난 곳은 루켈다스가 결계를 펼쳐 외부와 차단시켜 둔 폐허의 상공이었다.

'크크크! 결계 따위는 없어져라.'

콰르르릉!

곧바로 하늘이 쪼개지는 듯한 굉음과 함께 숲이 진동했다. 루켈다스의 결계는 흔적도 없이 사라졌고, 지하로 통하는 폐허의 계단이 모습을 드러냈다.

'이곳이군.'

수피겔은 지체 없이 지하 계단을 통해 내려갔다. 그리고 그는 어렵지 않게 방의 한 곳에서 파괴된 마법진의 흔적을 찾아냈다.

'어떤 녀석이 마법진을 일부러 파괴했구나.'

그는 그 마법진이 거신의 무덤으로 진입할 수 있는 통로임을 확신하고 급히 복원을 시작했다.

그것은 드래곤인 그의 능력으로는 아주 간단한 일이었다.

츠읏!

마법진을 통해 24개의 방으로 이루어진 지하 공간으로 이동한 수피겔의 두 눈이 차갑게 번뜩였다.

'이곳의 마법진도 부서졌군.'

그는 다시금 방들을 수색해 또 하나의 파괴된 마법진을 발견한 것이다.

'제길! 귀찮게 이런 짓을 해 놓다니. 루켈다스 녀석의 짓인가? 아니야. 그 녀석이라면 이렇게 어설프게 마법진을 파괴해 두진 않았겠지.'

루켈다스라면 작정하고 마법진의 흔적조차 지워 버렸을 것이라 수피겔이 이 안에 들어오기는 매우 어려웠을 것이다.

그러나 파괴된 마법진의 흔적은 드래곤인 그가 볼 땐 아주 하찮은 마법 실력을 지닌 마법사의 짓이었다.

인간 혹은 카치카 마법사의 짓이 분명했다.

츠으으읏!

마법진은 순식간에 복원되었고, 수피겔은 그것을 통해 96개의 방으로 이루어진 지하 공간으로 이동했다.

'아니, 저놈들은?'

방금 전과 달리 이곳에는 카치카들이 우글거리고 있었다.

'루켈다스의 부하 놈들이겠군. 특히 저기 자이언트 카치카 놈은 그 벡쿠스란 녀석이 분명해.'

수피겔은 지체 없이 주문을 외웠다.

'크크! 지금은 네놈들과 실랑이를 벌일 시간이 없다. 모두 잠들어라!'

곧바로 그의 손에서 붉은빛이 퍼져 나가 벡쿠스 등을 휘감았다.

"으음! 왜 이렇게 졸리지…….”

"으! 잠이 쏟아진다…….”

카치카들이 비틀거리더니 그대로 쓰러져 버렸다. 모두

잠이 든 것이다.

"으으! 다, 당신은?"

그런데 그중 유일하게 잠들지 않고 우뚝 버티고 선 채 수피겔을 노려보고 있는 카치카가 있었으니.

그가 바로 자이언트 카치카 벡쿠스였다.

벡쿠스는 이전에 수피겔을 본 적이 있었기에 그를 단번에 알아봤다.

"수피겔 님이 왜 이곳에……. 그리고 이게 무슨 짓입니까?"

그러자 수피겔은 쓴웃음을 지었다. 속으로는 약간 당황한 상태였다.

'아무리 가볍게 펼쳤다 하나 절대 수면 마법을 견뎌 내다니. 카치카 치고는 대단한 놈이군.'

어쨌든 이 상황에서 무슨 말이 필요하겠는가. 그는 곧바로 마나를 대거 끌어 올려 다시 수면 마법을 펼쳤다.

드래곤 정도가 아니면 꿈도 꿀 수 없는 절대 수면 마법!

그것도 수피겔이 작정하고 마나를 엄청 쏟아부은 터라 그 위력은 강력했다. 벡쿠스는 몸을 부르르 떨더니 그대로 뒤로 넘어갔다.

드르렁! 드르렁!

그렇게 벡쿠스가 코를 골며 잠든 모습을 수피겔은 싸늘

히 노려봤다. 그의 두 눈은 벡쿠스와 카치카들의 몸을 샅샅이 훑었다.

물론 그들이 혹시라도 고대 거신병을 얻어 챙긴 것은 아닐까 하는 생각 때문이었다.

'아쉽게도 거신병은 없군.'

수피겔은 주변을 살펴보다 보물들의 일부가 불에 타 재로 변해 있는 모습을 보고 인상을 구겼다.

'이런 빌어먹을! 대체 어떤 미친놈이 보물을 태운 건가?'

그야말로 기막힌 일이었다.

'으으! 아까운 내 보물들!'

그러나 그는 더 이상 타 버린 보물들에 미련을 두지 않기로 했다.

지금은 그럴 만한 시간이 없다.

혹시라도 루켈다스가 나타난다면 상당한 난전을 각오해야 할 것이다.

'일단 멀쩡한 보물들부터 챙기고.'

수피겔은 바람처럼 움직이며 한쪽에 수북이 쌓여 있는 고대 금화와 정체불명의 포션들을 챙겼다.

'흐흐, 이 포션들이 바로 고대 거신들이 만든 연금술의 정화들이란 말이로군.'

그 사실은 프루아가 루켈다스에게 거신총에 대해 떠벌리며 지속적으로 반복하고 있었기에, 수피겔 역시 기대가 적지 않았다.

　'이것들의 위력은 천천히 살펴보기로 하자. 그보다 어서 빨리 다음 관문으로 가는 통로를 찾아야 한다……..'

　수피겔은 96개의 방을 샅샅이 뒤졌지만, 아까와 달리 파괴된 마법진의 흔적은 찾을 수 없었다.

　'이상하군. 다음 관문으로 이동하는 마법진이 있어야 정상인데.'

　그는 이곳이 관문의 형태로 되어 있고, 본래는 몬스터들이 관문을 지키고 있었을 것이라 생각했다.

　방금 그가 챙긴 보물들은 카치카들이 어렵게 몬스터들과 싸워 관문을 통과해 얻은 것이 아니겠는가.

　물론 모두 루켈다스에게 바치기 위한 것이었으리라.

　'이 사실을 알게 되면 루켈다스 녀석이 아주 뒤집어지겠군. 하지만 보물이야 먼저 챙기는 놈이 임자이지.'

　수피겔은 조금도 미안해하는 표정이 아니었다. 입장 바꿔서 루켈다스 역시 수피겔과 같은 처지였으면 똑같이 행동했을 것임을 알고 있었으니까.

　'그나저나 이런 괴상한 걸 펼쳐 놓다니. 루켈다스 녀석

도 취향이 특이하구나.'

지하 관문 곳곳에 암흑 투명화 상태로 존재하는 눈알 형상의 구 형체들이 숨겨져 있었던 것이다. 수피겔은 그것들을 모두 찾아 제거했다.

'이건 못 보던 마법인데. 게다가 이런 강력한 암흑의 기운이라니. 루켈다스 놈이 흑마법 쪽으로 전향이라도 한 건가?'

그는 문득 방금 전 자신이 제거한 암흑 투명화 상태의 구 형체에 대해 의구심을 떠올렸다.

언뜻 단순하고 간단한 마법 같아 보이지만, 뭔가 달랐던 것이다. 아마 그가 지금 조급히 거신병을 찾아내야 하는 상황이 아니었다면 한동안 골똘히 그 마법이 뭔지 고민해 봤겠지만, 지금은 그럴 여유가 없었다.

'변태 같은 녀석 같으니! 드래곤의 체면이 있지. 어디서 이따위 괴상한 흑마법을 연구하고 있었던 건가?'

어쨌든 그는 그 마법을 당연히 루켈다스가 펼쳐 놓았을 것이라 생각했다.

'그보다 그놈이 이제 그것들을 통해 날 봤을 테니 지금쯤 방방 뛰고 있겠군.'

어차피 숨길 수 있는 일은 아니었기에 오늘의 일이 드러나는 것은 시간문제였다.

따라서 수피겔은 그 문제에 대해서는 별로 신경 쓰지 않았다. 그보다 그는 이 무덤 깊숙이 숨겨져 있는 또 다른 관문을 찾는 데 모든 정신을 집중했다.

'저곳이 수상해.'

과연 마법의 조종이라 불리는 드래곤답게 그는 숨겨진 마법진의 미세한 흔적을 결국 찾아내고 말았다.

'이것 봐라? 누군가 다음 관문에 들어갔구나. 그와 동시에 마법진은 숨겨지는 방식이로군. 제법 머리를 썼다만 날 속일 수는 없지.'

그는 한동안 쭈그리고 앉아 숨겨진 마법진을 그대로 복원해 내는 데 성공했다.

그리고 그는 지체 없이 그것을 통해 새로운 공간으로 이동했다.

도합 384개의 관문으로 이루어진 거대 관문!

그러나 이 관문에 대해 미처 파악하기도 전에 난데없이 번쩍 날아든 검을 보며 그는 대경실색하고 말았다.

번쩍! 파앗—

검은 정확히 그의 심장을 노리고 있었다.

누군가 그가 마법진을 통해 이동해 올 것을 알고 그곳에 대기하고 있다가 기습을 날린 것일까?

'으윽!'

천만다행히 그는 몸을 뒤로 빼내 심장이 부서지는 것만은 면했다. 그러나 그의 가슴은 길게 베어지다 못해 쩍 갈라진 상태였다.

"가, 감히 어떤 놈이!"

그러나 그가 분노를 토할 여유도 없이 예의 그 검이 무수한 흑광들을 뿜어내며 가히 폭풍처럼 날아들었다.

츠츠츠! 파파팟—

검영들에 어려 있는 짙은 흑색의 광채들!

그것이 오러가 응축된 기운인 오러 블레이드라는 것을 알아본 수피겔은 가슴이 철렁 내려앉았다.

어쩐지 아무리 불시의 기습이라지만 도검불침의 능력을 가진 그의 피부가 쉽게 갈라졌던 이유는 바로 저 빌어먹을 오러 블레이드 때문이었던 것이다.

그러나 수피겔 또한 산전수전 다 겪은 전투 드래곤이 아닌가.

그는 눈 깜짝할 사이에 얼티메이트 실드 배리어를 몸에 두른 후 블링크 마법을 펼쳐 기습을 피해 냈다.

"누군지 정체를 밝혀라!"

수피겔의 손에서 거대한 화염 구체가 생성되어 어둠을

뚫었다.

화르르르르—

르메스 대륙의 인간 마법사들에게는 꿈의 마법이라 불리는 9서클의 궁극 마법인 브림스톤 파이어!

앞을 가로막는 모든 걸 불태운다는 공포의 화염 마법!

일명 지옥의 유황불이라 불리는 그것이 펼쳐진 것이다.

"……으음!"

그러자 기습자는 당황했는지 침음을 내뱉었지만, 이내 검을 휘둘러 화염 구체를 가볍게 소멸시켜 버렸다.

'저럴 수가!'

수피겔은 믿을 수 없다는 듯 두 눈을 부릅떴다.

'브림스톤 파이어를 정면으로 받아 내다니! 저놈은 누구인가?'

그때 기습자가 인상을 찌푸리며 말했다.

"제길! 기습을 피해 낸 것도 모자라 그 와중에 브림스톤 파이어까지 날리다니! 하긴 그 정도도 못하고서야 드래곤이라 할 수도 없겠지."

정체불명의 사내였다. 거친 회색 머리카락 사이로 나부끼는 두 개의 혈광! 그의 전신에서 짙은 암흑의 기운이 피어 나왔다.

수피겔의 안색이 굳어졌다.

"누구냐? 넌?"

그가 볼 때 사내는 절대 인간이 아니었다. 드래곤인 그가 오우거로 폴리모프 하고 있는 것처럼 사내 역시 어떤 다른 존재가 인간의 모습을 하고 있는 것이 확실했다.

사내의 몸에서 뿜어져 나오는 기운.

그것은 가히 마왕들에게서나 볼 수 있는 절대 암흑의 기운이었다. 다만 마왕에 필적할 만큼 강하지는 않았다. 아니, 마왕에 비하면 한참 멀었다.

"너는 마족이냐? 흠, 아직 진정한 마왕이 되지 못한 소마왕일 수도 있겠군. 그것도 아니라면 암흑의 로아탄인가……?"

수피겔의 입가로 여유로운 미소가 피어났다. 그사이 쩍 벌어졌던 그의 가슴은 아물어 있었고, 그의 오른손에는 붉은 오러로 휩싸여 있는 기다란 창이 쥐어져 있었다.

그러자 암흑의 기운을 전신에 두른 사내가 싸늘히 웃으며 대답했다.

"나는 흑룡이다."

Chapter 5

오후스의 방패

"흑룡?"

"대충 뜻을 풀이하자면 다크 드래곤쯤 되겠군."

"그러니까 너도 드래곤이라는 거냐?"

수피겔은 뜻밖이라는 듯 두 눈을 크게 떴다. 그러나 그는 이내 냉소했다. 드래곤인 그가 흑룡이 그저 이름만 그럴듯할 뿐 실제는 드래곤이 아니란 사실을 어찌 모르겠는가.

"크크, 애송이 놈! 네가 마족이든 소마왕이든, 아니면 다크 로아탄이든 혹은 드래곤 병에 빠진 어떤 정신 나간 몬스터 놈이든 상관없다. 감히 나를 기습했으니 살 생각을 버리도록 해라. 진정한 드래곤의 분노를 보여 주마."

"멍청한 놈 같으니! 이름이 그렇다고 했지 언제 내가 나를 드래곤이라 했느냐? 그리고 너는 드래곤이 무슨 대단한 존재인 줄 알고 있다만 내겐 그저 하찮은 미물에 지나지 않을 뿐이다."

"무엇이!"

수피겔은 기막혔다. 드래곤을 하찮은 미물이라 말하는 녀석이 있을 줄이야.

"크크, 그런 식의 오만한 발상은 마왕들 외에는 갖고 있지 않지. 네 녀석은 역시 소마왕이었군."

"내가 어떤 존재인지는 조만간 저절로 알게 될 것이다. 하찮은 드래곤 녀석!"

"크흐흐! 네놈이 꽤나 대단한 척한다만, 네놈이야말로 드래곤을 동경하지 않는다면 어찌 다크 드래곤이라는 뜻의 이름을 지었느냐?"

"……."

순간 흑룡은 상당히 자존심 상해하는 표정을 지었다. 듣고 보니 수피겔의 말이 틀리지 않았던 것이다.

'망할! 이름을 바꿀까?'

그의 전전생 무림에서는 용(龍)이 상당히 신성시되어 이름이나 별호에 용이란 글자를 넣는 것을 자랑스럽게 생각하곤 했다.

특히 용은 제왕(帝王)의 상징이기도 해서 아무나 쓸 수 없는 이름이기도 했다.

백룡 또한 그런 의미에서 스스로 자부심을 갖고 지었던 이름이었다. 따라서 흑룡이라는 이름도 그런 의미로 자연스럽게 도출되었던 것이다.

그러나 진짜 용 즉, 드래곤과 마주치니 왠지 기분이 더럽지 않을 수 없었다. 마치 흑룡 자신이 저 수피겔보다 못한 하등한 존재란 생각이 들었던 것이다.

물론 그렇다 해서 지금 이름을 바꾸는 건 더 유치한 짓이리라.

흑룡은 마검 혈월을 상단으로 치켜들며 담담히 말했다.

"무식한 놈 같으니! 나는 드래곤을 동경해서 흑룡이라 지은 것이 아니다. 일부러 천한 존재의 이름을 통해 나를 겸손히 낮추고자 한 것뿐이지."

"큿! 이름으로 스스로를 낮춘다고? 무슨 헛소리를 하는 거냐?"

"크하하하! 정말 헛소리라 생각하는가? 인간들 중에는 일부러 이름을 견변(犬便)이라 짓는 경우도 있는데 말이야."

"……."

수피겔은 어이가 없었다. 그는 물론 흑룡의 말한 바를 모르지 않았다.

실제로 인간들 중에는 가축이나 짐승, 심하면 대소변과 같은 의미의 아명(兒名)을 짓는 경우가 있었던 것이다.

그러나 그것은 흑룡의 말처럼 스스로를 낮추기 위함이 아니라, 아명이 천할수록 좋다는 어떤 미신 때문이었다.

그래야 사악한 마물이나 잡귀가 들러붙지 않는다나?

그러니 수피겔로서는 어찌 기막히지 않을 수 있겠는가.

졸지에 드래곤이라는 존재가 개의 변과 같이 하찮은 급으로 전락하는 순간이었다.

"네놈의 주둥이를 콱 찢어 버리겠다."

수피겔은 그의 애병인 스톰 블러드를 번쩍 쳐들었다. 그는 분통이 터져 미칠 지경이었다.

'내가 왜 저런 미친놈하고 얘기를 하고 있었던가?'

그렇지 않아도 시간이 없는 와중에 공연히 기괴한 화술에 말려들어 말도 안 되는 얘기를 나누고 있었던 것이다.

한편 흑룡은 지금 최대한 시간을 끌어야 하는 상황이었다.

'제기랄! 하필이면 암흑지신이 두 번째 단계로 진입하기

직전에 저 드래곤 놈이 나타나다니!'

수피겔이 난데없이 침투해 들어오지 않았다면 흑룡은 매우 안정적으로 암흑지신의 경지를 한 단계 상승시켰을 것이다.

문제는 2단계의 암흑지신을 이루려면 적어도 한나절 정도는 만상암흑심법을 운용하며 정자세로 앉아 있어야 한다는 것.

그것은 그가 언데드의 사체들을 섭취함으로 난잡하게 흡수한 마기들을 안정된 상태로 변형시키는 과정임과 동시에, 그의 육신이 보다 방대한 마기를 수용할 수 있게 만드는 일종의 환골탈태 과정이었다.

그 과정을 성공적으로 마쳤다면, 그의 전투력은 이 눈앞의 수피겔 따위와는 비할 수 없이 상승했을 것이다.

그런데 아쉽게도 그가 막 연공을 시작했을 때 수피겔이 나타났다.

만일 이전 관문에 펼쳐 두었던 주시자의 눈 마법을 통해 수피겔의 등장을 미리 알지 않았다면, 그는 연공 중의 무력한 상태에서 어이없이 죽임을 당했을 것이다.

따라서 그는 즉시 연공을 중단하고 마법진 앞에서 대기하고 있다가 수피겔을 기습했다.

그는 정확히 심장을 노려 가격을 했는데, 놀랍게도 수피겔은 반사적으로 몸을 빼내 치명상을 입지 않았다.

그것은 수피겔이 그저 단순 무식하게 마법만 쏟아 내는 드래곤이 아니라 물리적인 전투력도 그 못지않게 뛰어나다는 것을 의미했다.

게다가 수피겔이 반격을 통해 날린 브림스톤 파이어라는 마법은 이곳 세계에서는 9서클에 해당하는 궁극 마법 중하나였다.

흑룡은 전력을 다해 그것을 소멸시켰지만, 그 와중에 내상을 입고 말았다.

암흑지신을 가진 그는 내상이 발생하면 체내의 암흑마기들이 저절로 움직여 그것을 치유하게 된다.

그러나 그 치유는 즉각 이루어지는 것이 아니라 약간의 시간이 필요하기에 짐짓 수피겔의 자존심을 자극해 말다툼을 벌인 것이었다.

덕분에 그의 내상은 완벽하게 치유되었다.

그렇다 해도 아직 1단계의 암흑지신 상태로 수피겔을 상대하기란 무리였다. 기습 공격을 통해서도 이기지 못했는데, 정면 승부를 어찌 감당할 수 있겠는가.

그런데 그런 흑룡의 상태를 수피겔은 훤히 꿰뚫어 본 듯 득의만만한 미소를 흘리며 창을 휘둘렀다.

"가소로운 놈! 제법 잔머리를 굴리고 있다만 그따위 허튼수작은 내게 통하지 않는다."

번쩍! 콰콰콰콰—

스톰 블러드라는 이름답게 수피겔이 창을 휘두른 순간 무수한 오러 스피어가 생성되더니 그것이 폭풍처럼 흑룡을 향해 쇄도했다.

콰콰쾅—

흑룡은 최대한 그것들과 격돌하지 않고 피해 냈다. 공연히 브림스톤 파이어를 맞받아쳤다가 내상을 입었던 것을 상기해 신중하게 그를 상대했다.

공격보다는 방어에, 그리고 가능하면 최대한 시간을 끄는 방식으로.

부득이 맞받아치게 될 때는 피해를 최소화하도록 검으로 빗겨 받아 냈다.

그러자 초조해진 것은 수피겔이었다.

그는 최대한 빨리 흑룡을 해치우고 보물을 얻어야 하는 상황이었으니까.

그런데 그가 몇 번이고 작정하며 강력한 공격을 펼쳤지만, 흑룡은 아슬아슬하게 그것을 피해 냈다.

'으득! 교활한 놈 같으니.'

수피겔은 현재 전력을 발휘할 수 없었다. 이 지하 공간에서 그가 가진 드래곤으로서의 진정한 능력을 드러내게 되면 자칫 이곳이 무너져 버릴지도 모른다.

흑룡 또한 그 사실을 알고 있기에 수피겔과 정면으로 맞붙지 않고 교묘하게 그의 공격을 피하며 틈틈이 매서운 반격을 가했다.

그러다 보니 한참을 맞붙고 나자 전신이 피투성이로 화한 것은 흑룡이 아닌 수피겔이었다.

물론 별것 아닌 상처들이긴 했지만, 수피겔은 은근히 울화통이 터지지 않을 수 없었다.

그는 당장이라도 본신으로 화해 흑룡을 뭉개 버리고 싶었지만, 가까스로 참았다.

'제길! 지금 내가 저 정체불명의 녀석과 실랑이를 벌일 때인가. 이러다 루켈다스라도 오게 되면 골치가 아파질 텐데.'

그는 잠시 고심하다 뭐라 주문을 외웠다.

'어쩔 수 없군. 블러디 포그!'

블러디 포그는 결계를 펼쳐 상대를 가두는 강력한 마법 중의 하나로 굳이 분류하자면 10서클의 마법이라 할 수 있었다.

드래곤 정도가 아니면 감히 펼칠 수 없는 궁극 마법.

뭉클뭉클—

곧바로 수피겔의 양손에서 짙은 핏빛의 안개가 뿜어져 나왔고, 그것이 흑룡의 주위를 휘감았다.

깜짝 놀란 흑룡이 블러디 포그에서 벗어나려 했지만, 그 땐 이미 결계의 공간에 갇혀 버린 상태였다.

'크크크! 네놈은 영원히 그곳에 갇혀 있거라.'

일단 블러디 포그의 결계 안에 갇히면 시전자가 그것을 거둬 주지 않으면 절대 나올 수 없다.

다만 예외적으로 갇혀 있는 대상의 능력이 결계를 펼친 시전자보다 높아지면 탈출이 가능했다. 블러디 포그라는 결계 속박 마법이 강력한 만큼 자신보다 약한 대상에게만 그것을 펼칠 수 있기 때문이다.

그런데 한번 갇혔던 대상의 전투력이 갑자기 상승하는 경우가 있을 수 있겠는가?

만일 그런 경우라면 애초부터 블러디 포그에 갇힐 리가 없었다.

따라서 결국 시전자가 결계를 거두지 않는 한 결계에 갇힌 대상은 영원히 그 안에 갇혀 있다가 결국 죽게 될 수밖에 없는 것이다.

'크크! 진작 이 방법을 썼으면 좋았을 것을 공연히 시간만 낭비했군.'

물론 급작스럽게 마나를 대거 소모했기에 수피겔의 안색은 약간 해쓱해졌다. 블러디 포그의 위력이 강력한 만큼 마나 소모가 많았던 것이다.

'크크! 그럼 이제 보물을 찾아볼까? 이곳 어딘가에 거신병이 있거나 혹은 다른 곳으로 가는 통로가 있겠지.'

곧바로 그는 384개의 방을 샅샅이 뒤졌다. 그러나 이상하게 단 하나의 보물도 눈에 띄지 않았다. 하다못해 빈 보물 상자마저 하나 없었다.

'으! 어떻게 된 거냐? 설마 아까 그놈이!'

수피겔은 흑룡이 보물을 몽땅 챙겼다는 것을 비로소 깨달았다.

본래라면 이 거대한 관문은 모두 돌파된 상태였기에 당연히 보물 상자들이 도처에 널려 있어야 정상인 것이다.

'미치겠군. 그렇다고 다시 그 결계를 풀 수도 없고.'

수피겔은 흑룡이 챙긴 보물들이 탐났지만 이내 고개를 저었다.

'다른 건 다 부수적인 것들일 뿐이다. 거신병! 그것만 얻

으면 된다.'

루켈다스가 언제 들이닥칠지 모른다는 생각에 그는 흑룡
이 챙긴 보물들에 대한 미련을 버렸다.

'저곳이군.'

수피겔은 다음 관문으로 이동하는 붉은빛의 마법진을 찾
아내고 회심의 미소를 지었다.

화아아악—

곧바로 마법진을 작동한 그는 새로운 지하 공간으로 이
동했다.

**"크크크, 여기까지 오느라 수고했다. 이곳에 그대에게 줄 보
물을 남겨 두었으니 취하라. 단, 수호자들을 모두 쓰러뜨린 후
에야 가능할 것이다."**

순간 정체불명의 음침한 음성이 지하 공간 가득히 울려
퍼졌다.

'뭐냐, 이건?'

지하 공간은 좀 전과 비할 수 없이 방대했다. 재빨리 탐
지 마법을 펼쳐 지하 공간을 살펴본 수피겔은 무려 1,536
개의 크고 작은 방들이 미로처럼 얽혀 있음을 확인할 수 있

었다.

그뿐만 아니라 각각의 방마다 온갖 기괴한 언데드 몬스터들이 전신 무장을 한 채 도사리고 있었으니!

'그러니까 이것들을 모두 죽여야 거신병을 주겠다 이거군.'

몬스터들을 해치우는 것이야 드래곤인 그에게 뭐 어렵겠는가.

문제는 하나의 방에 위치한 몬스터들을 해치워야 다음 방이 열리는 식이다 보니 무척이나 번거롭지 않을 수 없었다. 게다가 그런 식이라면 시간이 적지 않게 소요될 것이다.

1,500여 개의 방에 있는 몬스터들을 한데 모아다가 한 번에 해치울 수 있다면 얼마나 좋을까? 그땐 광역 마법 한 번이면 해결될 텐데.

그러나 그것이 불가능하니 어쩌겠는가.

수피겔은 어쩔 수 없다는 듯 전면에 보이는 방에 들어가 그 안에서 대기하고 있던 언데드 몬스터들을 해치웠다.

쿠궁!

그러자 그와 연결된 다음 방이 열렸고, 그는 다시 스톰 블러드를 휘둘러 그 안에 있는 언데드들을 쓰러뜨렸다.

물론 그때마다 떨어지는 보물 상자들을 챙기는 것을 잊지 않았다.

보물 상자에 뭐가 들어 있는지 살펴볼 여유는 없었다. 그는 보물 상자가 떨어지는 족족 그것을 자신의 아공간에 보관시킨 후 다음 방을 향해 돌진했다.

그런 식으로 그는 결국 1,536개의 모든 방에 존재하는 몬스터들을 쓰러뜨렸다. 개중에 제법 강력한 녀석들도 있었지만, 드래곤인 그를 두렵게 할 만한 존재는 없었다.

그래도 관문이 워낙 많다 보니 무려 한나절에 가까운 시간이 소요되었다.

'꽤 지루하군. 이제 끝인가?'

그나마 보물 상자를 챙기는 재미라도 있어서 다행이었다.

그동안 그는 1,535개의 보물 상자를 챙겼다.

스스스!

그때 마지막 하나의 보물 상자가 그의 앞에 내려왔다.

다른 보물 상자들과 달리 유난히 크고 화려한 백금빛의 보물 상자였다.

'이 안에 혹시 거신병이 들어 있는 것이 아닐까?'

그는 설레는 마음으로 보물 상자를 열었다.

달칵.

순간 강력한 냉기와 함께 방패 하나가 모습을 드러냈다.

은은한 황금빛을 뿜어내는 사각 방패.

놀랍게도 전체가 투명해 자세히 보지 않으면 그것이 방패라는 것을 알기 힘들었다.

그러나 수피겔은 그것을 단번에 알아봤다.

'오오! 이것은!'

그의 표정은 경악으로 가득했다.

방패의 하단에 환상처럼 피어나는 황금빛의 문자.

고대 라티지드어로 적혀 있는 문자를 해독해 보니 다름 아닌 오후스라고 적혀 있었다.

'이건 거신 오후스의 방패가 틀림없다.'

굳이 어렵게 추측할 필요도 없었다.

보물 상자에는 방패 이외에도 작은 두루마리가 하나 들어 있었는데, 그것을 펼쳐 보자 다음과 같은 문장이 적혀 있었던 것이다.

이 방패에는 거신 오후스가 가진 불가사의한 방
어력이 깃들어 있다. 그 어떤 마법이나 무기로도
이 방패를 뚫을 수 없으리라.

'오오! 역시!'

두루마리를 펼쳐 그 안의 내용을 읽어 본 수피겔의 표정은 희열로 가득했다.

"으하하하하! 거신 오후스의 방패라! 이것이 내 손에 들어오다니!"

이것만 있다면 그는 프루아가 얻은 라도스의 검을 두려워하지 않아도 될 것이다. 아니, 어쩌면 그가 매우 두렵게 생각하고 있는 칼드 제국의 황제 베네트 3세의 공격도 두려워할 필요가 없을지도 모른다.

"크하하하! 루켈다스 녀석이 얼마나 배 아파할지 눈에 선하구나."

수피겔은 오후스의 방패를 번쩍 들어 살펴보다가 아공간에 보관시켰다.

그러던 그가 문득 바닥을 내려다보며 탄성을 발했다.

바닥에는 그가 처음 보는 기괴한 문양과 무늬로 그려진 거대한 마법진이 있었던 것이다.

'흠, 이건 또 뭔가?'

설마 또 다른 보물이 숨겨져 있는 것인가?

왠지 그럴 가능성이 농후했다.

그것도 느낌상 오후스의 방패보다 훨씬 더 좋은 보물이 숨겨져 있는 듯했다.

'꽤 복잡하군.'

드래곤인 그조차도 혀를 내두를 만큼 극히 난해한 마법진. 그러나 보물을 얻겠다는 집요한 마음에 그는 결국 그 마법진의 작동법을 알아내는 데 성공했다.

'바로 저 중앙이군.'

마법진의 중앙에는 열쇠 비슷한 그림이 그려져 있었다.

'그런데 뭔가 매개가 있어야 작동하는 것 같은데…….'

그가 풀어낸 바대로라면 저곳에 저 그림과 흡사한 뭔가를 내려놓아야 했다.

'저 그림은 열쇠를 의미하겠지.'

혹시나 싶어서 그는 아공간에 넣어 둔 1,535개의 보물 상자들을 모두 꺼내 살펴봤다. 그 안에 혹시 열쇠가 들어 있는지 확인하기 위함이었다.

그러나 각종 마법이나 연금술적 지식이 적혀 있는 책자나 보석, 포션들만 가득할 뿐 열쇠는 보이지 않았다.

'흠.'

수피겔은 잠시 고민하다 문득 한 가지 방법을 떠올렸다.

'이런 걸 고민하다니, 나도 참 바보 같군. 저것과 똑같은

형상의 열쇠를 만들면 되는 것을 말이야.'

열쇠가 없다면 만들면 된다. 수피겔은 즉시 금화를 녹여 마법진의 중앙에 그려진 열쇠와 동일한 형상의 열쇠를 만들었다.

잠시 후 그의 손에는 황금빛으로 반짝이는 열쇠가 쥐어져 있었다.

'이제 작동하나 볼까?'

그는 설레는 마음으로 열쇠를 마법진 위에 내려놓았다. 그리고 살짝 마나를 주입했다.

드드드드—

그 순간 지하 공간이 세차게 진동하기 시작했다. 동시에 음침한 음성이 울렸다.

"크크크, 인연자여! 그대가 오후스의 방패를 얻은 것은 축하한다. 그러나 더 이상의 인연은 그대에게 허락되지 않는다. 영원히 무덤 속에 갇히고 싶지 않다면 속히 나가는 것이 좋으리라."

수피겔은 흠칫했다.

'빌어먹을! 이 방법은 통하지 않나 보군.'

예상이 빗나갔다. 거신총이 통째로 무너질 상황이었다.

'어쩔 수 없지. 일단 피해야겠다.'

그는 서둘러 움직였다. 이 안에서는 공간 좌표가 뒤틀려 있기 때문에 임의로의 공간 이동은 불가능하고 오직 정해진 마법진을 통해서만 이동해야 했다.

화아아악—

384개의 방으로 이루어진 관문에 도착하니 그곳 역시 지진이라도 난 듯 흔들리고 있었다. 수피겔은 힐끗 핏빛으로 물들어 있는 방을 노려봤다.

'흐흐, 결계에 갇힌 것도 모자라 땅속에 파묻히게 생겼구나, 애송이 놈.'

그는 흑룡을 비웃고는 마법진을 타고 다른 공간으로 이동했다. 그곳엔 아까 그가 펼친 수면 마법에 의해 잠들어 있는 카치카들이 보였다.

드드드—

이곳 또한 진동이 일고 있는 걸 보니 조만간 무너질 듯했다.

'크크! 저것들은 영문도 모르고 죽겠군.'

수피겔은 카치카들을 무심하게 지나치고는 밖으로 사라져 버렸다.

드드드드—

수피겔이 나가자 지하 공간은 더욱 세차게 흔들렸다.

한편 수피겔이 펼친 블러디 포그의 결계에 갇힌 흑룡은 의외로 태연한 표정이었다. 아니, 오히려 그의 입가에는 회심의 미소까지 피어나 있었다.

'레드 드래곤 수피겔! 네 녀석은 내가 이 결계에 갇혀 있다 죽을 것이라 생각했겠지만, 그것이 오히려 나를 도와주는 꼴이 되었음을 짐작도 못 했을 것이다.'

그렇다. 흑룡으로서는 오히려 누구의 방해도 받지 않고 암흑지신의 단계를 상승시킬 수 있는 기회를 얻게 되었던 것이다.

한나절의 시간이 지난 지금 그는 암흑지신의 두 번째 단계에 도달했고, 환골탈태를 통해 확장된 그의 단전에는 가히 미증유라 할 수 있는 암흑마기가 자리 잡고 있었다.

'이제 나가서 놈을 패대기치는 일만 남았군.'

흑룡의 두 눈이 섬뜩하게 빛났다.

그의 손에는 어느새 마검 혈월이 쥐어져 있었고, 그것으로 번쩍 공간을 갈랐다.

콰아앙!

그저 텅 빈 공간을 갈랐을 뿐인데 가히 천지가 무너지는 듯한 굉음이 울렸다.

쩌적! 쩌저저저적—

사방의 공간에 거미줄과 같은 균열이 일더니 이내 산산조각 나 흩어져 버렸다.

물론 블러디 포그의 결계가 박살 난 것이었다.

'흠?'

그런데 그렇게 결계를 없애고 나온 흑룡의 표정이 굳어졌다.

드드드드드—

지하 공간이 무너질 듯 흔들리고 있었던 것이다.

'그 드래곤 녀석이 거신병을 얻었나 보군.'

보통 최후의 보물을 얻게 되면 해당 관문이나 무덤은 완전히 폐쇄되게 된다.

특히 무덤의 경우는 더더욱 그렇다. 망자의 영원한 휴식을 위해 그 누구의 출입도 허용하지 않기 위함이리라.

'나도 서둘러 나가는 게 좋겠어.'

흑룡은 마법진을 통해 96개의 방이 있던 지하 관문으로 이동했다. 이곳 관문 또한 폭삭 내려앉기 일보 직전이었다.

'저들은?'

지체 없이 이곳을 빠져나가려던 흑룡은 문득 바닥에 어지러이 널브러져 자고 있는 카치카들을 발견하고는 어이없어하는 표정을 지었다.

　'수면 마법에 당했군.'

　그가 어이없어하는 이유는 이 와중에 카치카들이 자고 있는 것 때문이 아니라, 저 지경으로 방치하고 그대로 무덤을 뛰쳐나간 수피겔의 행동 때문이었다.

　'망할 드래곤 녀석 같으니! 도무지 정이 가는 구석이 없구나.'

　물론 흑룡 역시 벡쿠스 등이 그리 마음에 드는 편은 아니었지만, 그렇다 해서 저리 무력한 상태로 잠들어 있다가 압사당하게 두는 것은 그의 관념상 용인할 수 없는 일이었다.

　'수면 해제!'

　샤크는 즉시 카치카들을 깨웠다. 암흑마기를 통해 무공뿐 아니라 마법도 얼마든지 펼칠 수 있었다.

　이미 수피겔 따위는 가볍게 패대기칠 수 있는 능력을 가진 그에게 절대 수면 마법을 해제하는 일은 아무것도 아니었다.

　"크으! 여, 여기는?"

　"으! 내가 왜 잠을……!"

"으아아! 천장이 무너져 내린다."

"사, 살려 줘!"

수면 상태에서 깨어난 카치카들은 지하 공간이 무너져 내리는 모습을 보고는 패닉 상태에 빠졌다. 흑룡은 그들을 향해 싸늘히 외쳤다.

"우두커니 서 있지 말고 빨리들 움직여라. 충분히 빠져나갈 수 있는 시간이 있으니 두려워 떨 것 없다."

카치카들은 흑룡이 누군지 알지 못했다. 그들로서는 처음 보는 정체불명의 인간 한 명이 자신들을 향해 명령을 내리자 일순 어리둥절하지 않을 수 없었다.

그러나 그들은 이상하게도 흑룡의 명령을 거부할 수가 없었다. 알 수 없는 서늘한 분위기가 그들의 몸은 물론 입까지 움직이게 했다.

"예, 옛!"

"아, 알겠습니다요."

카치카들은 황급히 대답하고는 흑룡이 가리키는 방향으로 뛰었다. 그중에는 벡쿠스도 포함되어 있었다.

다른 건 몰라도 자존심 하나는 드래곤 못지않은 자이언트 카치카 벡쿠스였다. 그런데 그는 처음 보는 인간 청년의 말을 듣자마자 두려움이 몰려왔고, 자신도 모르게 그의 말을 따르고 있었다.

도무지 이해할 수 없는 일이었지만 그의 몸은 이미 마법진 위에 도달해 있었고, 곧바로 붉은빛에 휩싸였다.

화아아악!

그렇게 카치카들은 모두 24개의 방으로 이루어진 지하 공간으로 이동했다.

드드드드!

이곳 또한 무너지기 직전이었다. 흑룡이 다시 싸늘히 외쳤다.

"멍하니 있지 말고 저기 보이는 마법진 위로 냉큼 달려가!"

"옛!"

"그러지요."

죽어라 뛴 카치카들이 마법진 위에 섰다.

번쩍! 화아아악—

그렇게 모두들 포탈 마법진이 발하는 붉은빛에 휩싸여 공간 이동에 성공했다.

"……!"

잠시 후 시야를 가린 붉은빛이 사라진 후 주변을 살펴본 흑룡은 놀랐다.

'이곳은?'

본래라면 그 역시 폐허의 지하 석실로 이동해야 정상이었다. 그리고 그곳에서 지하 계단을 따라 올라가면 지상으로 나갈 수 있었다.

그런데 흑룡은 현재 알 수 없는 거대한 방의 중앙에 위치한 마법진 위에 홀로 서 있었다.

Chapter 6

수석 요리사 샤크

'나 혼자만 다른 곳으로 이동한 것이 분명하다. 이게 대체 무슨 일일까?'

흑룡은 고개를 갸웃했다. 만일 마법진에 무슨 변화가 생겼다면 카치카들 또한 이곳으로 와야 정상 아닐까?

그런데 오직 그 혼자만 따로 이동해 왔다.

아마도 카치카들은 본래의 좌표로 이동해 지금쯤 지상으로 뛰어나갔을 것이다.

'뭔가 이유가 있겠지.'

이유 없이 이런 일이 벌어질 수는 없을 것이란 생각에 흑룡은 방을 세세히 살펴봤다.

특이하게도 그가 서 있는 마법진의 형태가 그사이 바뀌어 있었다. 그것을 슬쩍 살펴본 흑룡의 두 눈에 이채가 일었다.

'누군지 몰라도 제법 수준 높은 마법진을 그려 놓았군.'

이곳에 그려진 마법진은 그동안 거신총 곳곳에 위치해 있던 마법진들과는 달랐다. 최소한 드래곤 정도의 방대한 마법 지식이 없다면 이해하기 힘든 난해한 마법진이었다.

물론 흑룡에게는 그리 대단한 것이 아니었다. 그는 마법진의 흐름과 변형을 순식간에 꿰뚫어 봤다.

'발진에 매개가 필요하군. 그런데 저 그림은 혹시?'

흑룡은 왼손 중지에 끼고 있는 반지를 슬쩍 문질렀다. 이것은 그가 384개의 방으로 이루어진 관문을 통과하던 중 얻은 반지로 아공간이 연결되어 있었다.

그는 그 아공간에다 거신총에서 얻은 384개의 보물 상자와 보물들을 모조리 넣어 두었다. 수피겔이 보물 상자를 발견하지 못했던 것은 바로 그 이유 때문이었다.

스윽.

흑룡은 아공간에서 찬란한 금빛으로 반짝이는 큼직한 열쇠 하나를 끄집어냈다.

마지막 상자에서 얻은 열쇠였는데, 그때는 용도를 알지

못해 그냥 아공간에 넣어 둔 것이었다.

그런데 그것이 바로 지금 나타난 마법진을 작동시킬 수 있는 유일한 매개일 줄이야.

'후후, 그렇다면 수피겔 녀석은 허탕을 친 것이로군.'

흑룡은 이 마법진 안에야말로 진정한 보물이 숨겨져 있다는 것을 확신했다.

설사 수피겔이 거신병을 얻었다 해도 지금 이곳에 있는 것에 비하면 허접한 것이리라.

츠으으웃─

아니나 다를까, 흑룡이 금빛 열쇠를 마법진 중앙에 내려놓은 순간 마법진이 찬란한 금빛으로 휩싸였다.

"인연자여! 그대가 나 오후스의 갑주를 얻은 것을 진심으로 축하한다."

"오후스의 갑주는 내가 가진 모든 능력을 쏟아부어 만든 것이니 그대는 영광으로 생각하라."

"그대가 손을 대면 갑주는 그대의 몸에 맞게 변형되어 장착될 것이다. 이후 그대의 의지에 따라 장착과 탈착이 가능하다."

그동안에는 음침했던 음성이 들려왔던 것에 반해 지금은 뭔가 장엄하면서도 멋들어진 여성의 음성이었다.

'오후스라는 거신이 직접 남긴 육성이로군.'

거신 오후스가 여성이었던 것일까? 그녀의 육성은 마법을 통해 남겨진 것이었고, 그것이 아득한 세월을 건너뛰어 흑룡에게 전해졌다.

그와 함께 흑룡은 황금빛으로 찬란하게 빛나는 갑주를 볼 수 있었다.

'멋지군.'

흑룡은 갑주를 바라보며 탄성을 발했다. 그로서는 사실 갑주가 가진 불가사의한 방어력보다 신비롭고 멋들어진 외양이 아주 마음에 들었다.

이 갑주를 장착하면 좀비 흑룡의 어둡고 칙칙한 분위기가 단번에 뒤바뀌게 될 것이다.

물론 암흑지신의 두 번째 단계에 이른 지금은 암흑마기의 기운을 체내로 철저히 갈무리해 어떻게 보면 평범한 인간처럼 보이게 되었지만, 그렇다 해도 알게 모르게 그의 전신에서 피어나는 좀비로서의 섬뜩한 기세마저 사라진 것은 아니었다.

즉, 누구나 흑룡을 보면 몸서리치도록 두려운 감정이 들게 되는데, 이 갑주는 그런 기세를 감쪽같이 감춰줄 뿐 아니라 오히려 신비롭고 우아한 분위기를 풍기게 해 줄 것이다.

'한번 착용해 볼까?'

흑룡이 손을 대자 갑주가 마치 액체처럼 변해 그의 몸을 휘돌았다.

착! 차라락—

그리고 그야말로 순식간에 그의 체격에 딱 맞게 변해 장착이 되었다.

'속옷을 입은 것처럼 편하군.'

투구는 후드처럼 뒤로 넘길 수 있었는데, 그 순간 그것은 금속이 아닌 천처럼 변해 마치 금발처럼 흘러내렸다.

덕분에 거친 회색 머리카락을 지닌 흑룡이 마치 금발을 가진 것처럼 멋들어지게 보였다.

그때 다시 오후스의 음성이 들려왔다.

"기억하라. 그대가 장착한 그 갑주는 내가 평생 애용하던 오후스의 방패보다 강력한 방어력을 가지고 있음을."

"그대가 그 갑주를 착용할 경우 그 어떤 마법이나 물리 공격에도 피해를 입지 않게 될 것이다."

"다만, 그대는 하늘 위에 또 다른 하늘이 존재한다는 것을 잊지 마라. 거신병의 능력이 아무리 대단하다 해도 무한의 힘이라 불리는 차원력 앞에서는 무력할 뿐이다."

"거신들의 멸망이 초월자를 분노케 한 것에서 비롯되었음을 잊지 말 것이다……."

오후스의 음성은 그 말을 끝으로 더 이상 들려오지 않았다.

그러나 흑룡은 내심 깜짝 놀란 상태였다.

설마 오후스가 차원력을 언급할 줄은 몰랐던 것이다.

'고대에 거신들이 사라진 이유가 초월자의 분노를 샀기 때문이었다는 건가?'

오후스가 말을 하지 않았어도 흑룡은 이 오후스의 갑주가 차원력 앞에서는 그저 얇은 가죽 정도에 불과하다는 것을 잘 알고 있었다.

그런데 당시 거신 오후스는 그와 같은 사실을 짐작도 못했다가 초월자에게 한번 된통 당한 후로 기가 팍 죽었던 모양이었다.

그는 대체 무엇 때문에 초월자의 분노를 산 것일까?

흑룡이 그 이유를 알 수는 없었다.

아득한 시간 저편에서 벌어졌던 일을 어찌 알겠는가?

어쨌든 이곳에 초월자가 있다는 사실이 여러 정황을 통해 드러나고 있었다.

'그러고 보니 크리오스 왕국의 국경 지대를 가리고 있는 안개에서 차원력으로 추정되는 기운이 느껴졌지.'

그런데 이번에는 고대의 거신 오후스로부터 직접 차원력과 초월자에 대한 얘기를 들었다.

그렇다면 지금도 초월자는 이곳 세계 어딘가에 존재할지도 모른다는 것인가?

그럴 수도 있고, 아닐 수도 있다.

설령 초월자가 존재한다 해도 거신들을 멸망시켰던 그 초월자가 아닌 다른 초월자일 수도 있으리라.

중요한 건 이곳 세계에도 초월자들이 있다는 사실!

흑룡은 담담히 웃었다.

'어차피 초월자에 대한 건 내가 상관할 바가 아니다. 그 것은 나의 능력을 벗어난 영역, 샤크가 알아서 하겠지.'

흑룡은 빠르게 강해질 수 있는 반면 태생적으로 초월자

의 경지에 이를 수 없게 만들어진 몸이다. 그러나 그는 그에 대해 실망하지 않았다.

그의 또 다른 자신이자 사실상 진정한 본신이라 할 수 있는 샤크는 초월자는 물론이요, 그보다 비할 수 없이 강력한 혼돈자의 경지에까지 얼마든지 이를 수 있기 때문이다.

따라서 흑룡은 지금 자신에게 주어진 일에만 충실하기로 했다.

일단 헤나와 리닌 등을 호위해 크리오스 왕국으로 보내 준다.

그리고 기회를 봐서 괘씸한 드래곤들과 마왕으로 추정되는 황제를 작신작신 손봐 준다.

마지막으로 샤크가 초월자의 경지에 이르기까지 암중에서 그를 보호한다.

이것이 현재 흑룡이 생각하는 그의 임무였다.

스스스슷—

그사이 주변 공간이 변했다.

거신 오후스의 신비한 음성이 들려왔던 거대한 방이 아닌 수많은 방이 얽혀 있는 공간이었다.

'이곳은?'

설마 또 관문인가?

그것은 아니었다.

도처에 널브러져 있는 언데드들의 사체 조각들을 보니 누군가 이곳의 관문을 모두 돌파한 상태였다. 물론 그 누군가는 레드 드래곤 수피겔이겠지만.

'1,536개의 방이라.'

그러고 보니 거신 오후스는 4배수를 좋아했던 모양이었다. 흑룡이 마지막으로 돌파했던 관문에는 방이 384개가 있었는데 이곳 관문의 방은 딱 그 4배였으니까.

'무너진 줄 알았는데 여긴 아직 멀쩡하군.'

본래 흑룡은 곧바로 밖에 나갈 계획이었으나 생각이 바뀌었다.

무려 1,536개의 방에 잔뜩 쌓여 있는 진수성찬(?)을 보고 어찌 그대로 나갈 수 있겠는가.

'수피겔 녀석 때문에 포식하겠는걸. 그럼 먹어 볼까?'

흑룡은 군침을 흘렸다. 그러다 문득 쓴웃음을 지으며 중얼거렸다.

"나는 결코 저 언데드 사체가 맛있어서 먹는 것이 아니다. 오직 마기를 흡수하려고 할 뿐이다."

아니, 누가 뭐라고 하기라도 했나? 공연히 변명을 하는 흑룡이었다.

우걱우걱! 쩝쩝!

분명 맛있어서 먹는 것은 절대 아니라고 해 놓고 저토록 게걸스럽게 먹는 건 또 뭐란 말인가?

쩝쩝쩝! 으직 으직! 냠냠!

그렇게 흑룡이 미친 듯이 포식을 하고 있는 장면을 그로부터 아주 아득히 멀리 떨어진 곳에서 인상을 찌푸린 채 쳐다보고 있는 이가 있었으니.

그는 물론 샤크였다.

'쯧, 누가 좀비 아니라고 할까 봐 저딴 걸 맛있게도 먹는구나. 암흑지신 2단계를 이루었으면 좀 사람처럼 변할까 싶었는데 그것도 아니로군.'

문득 그는 예전 마왕 시절이 떠올랐다. 그러고 보면 그때 그 역시 최하급 마물들을 간식거리로 종종 먹곤 했다.

인간인 지금 상태에서 생각하면 몸서리쳐질 만큼 끔찍한 일이었지만, 마왕 시절에는 세상에 그처럼 맛있는 음식이 없었다.

따라서 흑룡이 좀비라는 사실을 생각해 보면 저런 태도를 보이는 건 이상한 일이 아니다.

그나마 다행인 건 흑룡 창조 시 샤크가 그의 본능을 약간 변형시켜 두었다는 것!

본래 좀비라면 망자가 아닌 생자의 육체를 먹는 본능을 가지는 게 정상이었다. 그러나 그런 보통의 좀비들과 다르게 흑룡은 오직 언데드의 사체를 뜯는 본능만 존재했다.

'정말 잘도 먹는구나. 어쨌든 많이 먹어서 나쁠 건 없지.'

나쁠 것이 없는 정도가 아니라 저 산처럼 쌓여 있는 언데드들의 마기를 모조리 흡수하면 흑룡의 암흑지신은 필시 한 단계 더 상승할 것이다.

'저 속도로 보면 대략 사흘 정도면 되겠군.'

저 많은 사체들을 사흘 만에! 샤크 스스로 생각해도 좀 황당하긴 했지만, 그것은 사실이었다. 흑룡의 암흑지신이 2단계로 상승하며 마기 흡수 능력도 이전에 비할 수 없이 빨라졌기 때문이었다.

'근데 오후스의 갑주라. 왠지 부러운걸.'

다른 보물들도 탐났지만, 오후스의 갑주가 가장 탐이 났다. 물론 그가 흑룡에게 달라고 말하면 절대 거부하지 못하니 당장 가져오겠지만, 차마 그럴 수는 없었다.

덕분에 흑룡이 전혀 좀비스럽지 않게 보이니 그것도 나쁘지 않았다.

'대신 그동안 챙긴 다른 보물들은 내게 가져와라. 물론 괘씸한 수피겔 녀석이 털어간 것도 몽땅 되찾아 와야겠지.'

무려 1,536개의 보물 상자였다. 오후스의 방패를 비롯해 각종 고대 마법 서적, 진귀한 포션들, 산더미 같은 고대 금화까지.

좀비 흑룡에게 금은보화가 무슨 필요가 있겠는가.

그런 건 인간인 샤크에게나 필요할 것이다.

유사시 회복 용도를 쓸 포션들만 일부 남겨 두고 남은 건 모두 샤크의 소유가 될 것이다.

그 생각을 하자 샤크는 왠지 흐뭇해서 미소가 절로 나왔다.

'그러고 보니 나도 이제 좀 살 만해졌구나.'

흑룡의 전투력은 이제 드래곤들이 어쩔 수 없는 영역에 도달해 있었다. 더구나 앞으로 사흘이 지나 암흑지신의 3단계에 이르게 되면 어지간한 마왕과도 충분히 대적이 가능하게 될 것이다.

따라서 이제 샤크는 매우 안전해진 상태라 할 수 있었다. 샤크가 위기에 처하는 순간 흑룡은 그 즉시 샤크가 있는 곳으로 공간 이동해 올 것이기 때문이다.

흑룡은 단순히 무공만 강력한 것이 아니라 마법 또한 샤크가 가진 지식을 그대로 가졌다. 즉, 마법 실력만으로도 마법의 조종이라 불리는 드래곤들을 훨씬 능가한 상태였다.

따라서 흑룡이 공간 이동 마법을 쓰는 것은 장난과도 같은 일이었다.

샤크는 본래라면 흑룡을 이곳으로 불러 안젤루스를 패대기치고 감히 자신을 요리사로 부려 먹는 죄의 대가를 치르게 했겠지만, 지금은 참기로 했다.

'초월자가 선한 의도를 갖고 있다면 모를까 혹시라도 일루전과 같은 녀석일 수도 있으니 가능한 조심하는 게 좋겠지.'

적어도 초월자의 경지에 이르기까지 샤크는 자신의 존재를 최대한 드러내지 않기로 했다.

대신 흑룡은 노출시킨다.

초월자가 가능하면 흑룡에게 접근할 수 있도록 말이다.

일종의 미끼랄까?

그래야 샤크가 대처하기 편할 것이다.

'그나저나 오늘은 뭘 또 만들어야 하나.'

흐뭇하게 상념에 빠져 있던 샤크는 요리사인 자신의 처지를 깨닫고 잠시 한숨을 내쉬었다.

무슨 요리를 만들어야 할지 걱정을 하다니.

설마 벌써부터 직업병에 걸렸단 말인가.

'제길! 방 안에만 있지 말고 좀 돌아다녀 봐야겠군.'

방문을 열고 나가자 주방에 대기하고 있던 요리사 타디안이 공손히 허리를 숙였다.

　"나오셨나요, 수석 요리사님?"

　"그래. 오늘 재료는 뭐냐?"

　"로드께서는 오늘도 사슴 고기를 먹고 싶다 하셨습니다. 새벽부터 푸드 헌터들이 재료를 구하러 갔으니 잠시 후면 신선한 사슴 고기가 올라올 거예요. 그리고 추가로 쫀득쫀득한 돼지 족발 찜을 원하셨죠. 또한 무지개 연어와 황금 문어 요리도 대령하라 하셨습니다."

　"망할 놈! 대충 좀 처먹을 것이지. 그 희귀한 무지개 연어와 황금 문어를 어찌 또 구할까? 뭐, 그거야 내가 걱정할 것은 아니고 푸드 헌터들이 고민할 일이겠지만 말이야."

　그러자 타디안은 어이없어하는 표정을 지었다.

　"세상에! 마…… 망할 놈이라니요? 아마 로드께 그런 욕을 하고도 멀쩡히 살아 있는 분은 수석 요리사님 외에는 없을걸요."

　"우리끼린데 뭐 어떠냐?"

　"로드는 다 듣고 계실지도 몰라요."

　"들어도 상관없다. 망할 놈을 망할 놈이라고 한 것이 뭐가 어때서!"

"그래도 조심하세요. 지금은 로드께서 수석 요리사님의 요리 실력에 반해 모든 걸 참아 주고 계시지만, 언제고 한번 발작…… 아니, 크게 화내실지도 몰라요."

"그런 건 그때 가서 걱정하면 되는 일이다. 아무튼 오늘 내가 손볼 요리는 모두 네 가지라 이거냐?"

"네. 사슴 고기 스테이크와 돼지 족발 찜, 그리고 무지개 연어와 황금 문어 요리입니다."

샤크는 회심의 미소를 지었다.

'그럼 내 생명이 사 일 연장 되겠군.'

그는 안젤루스와 협상을 통해 한 가지 요리당 하루씩 생명이 연장되는 식으로 합의를 보았다.

적어도 안젤루스가 드래곤으로서의 자부심을 걸고 한 약속은 지킬 것이다. 따라서 샤크가 요리를 계속하는 한 죽을 염려는 없었다.

사실 샤크로서는 초신요리법만 슬쩍 펼치면 되는 터라 별 부담이 없었다.

본래 초신요리법은 음식을 먹는 순간 각종 특별한 효과들이 발생하게 되는데, 샤크는 그러한 효과는 최소화시키는 대신 미각을 자극하는 데만 중점을 두었다.

"그럼 나는 푸드 헌터들이 재료를 가져오는 동안 잠시

산책이나 하고 와야겠다."

샤크의 말에 타디안이 주방 한쪽에 놓인 모래시계를 쳐다보며 대답했다.

"너무 멀리 가지는 마세요. 지금쯤 푸드 헌터들이 돌아올 때가 됐거든요."

"알았다. 난 28층에 있을 테니 도착하면 불러라."

"네, 수석 요리사님."

푸드 헌터는 안젤루스의 노예들 중에서 각종 음식 재료를 채취해 오는 일을 하는 이들이었다.

탐식가이자 미식가인 안젤루스에게는 무려 1천 명이 넘는 푸드 헌터 노예들이 있었는데, 그들 중에는 인간은 물론이요 카치카, 엘프, 고블린, 심지어 오크나 리자드맨들도 있었다.

푸드 헌터들은 맛 좋은 음식 재료를 찾아오면 안젤루스에게 포상이나 휴가를 받기도 했다.

그러다 보니 노예들 중에는 푸드 헌터들이 가장 부유한 편이었고, 자연히 다른 노예들이 선망하는 대상이라 할 수 있었다.

그러나 푸드 헌터들도 감히 넘볼 수 없는 지고한 신분이 있었으니 바로 요리사들이었다.

워낙 먹는 걸 중요시 여기는 안젤루스는 맛 좋은 요리를 만드는 요리사를 가장 대우해 주는 편이었기 때문이다.

따라서 요리사들은 안젤루스 휘하 군단의 지휘관들은 물론이요, 그의 직속 가디언들도 함부로 대하지 못했다.

그것은 요리사의 지위가 높아서가 아니라 공연히 요리사를 잘못 건드렸다가, 혹시라도 그가 부상을 당해 요리를 못하기라도 한다면 안젤루스의 분노를 감당할 수 없기 때문이었다.

그런 만큼 요리사들은 자부심이 대단했다.

물론 샤크는 예외였다. 초월자인 그가 한낱 드래곤 따위의 요리사라는 것에 무슨 자부심이 생기겠는가.

'나중에 두고 보자, 탐식가 드래곤 놈!'

어쩌다 보니 샤크는 안젤루스의 수석 요리사가 되었을 뿐이다.

샤크의 건방진 태도를 무척이나 못마땅하게 생각하는 안젤루스였지만, 그는 나름대로 공과 사를 구분한다는 명목 아래 가장 요리 실력이 뛰어난 샤크를 수석 요리사로 임명했다.

그것은 샤크가 아루드 성에 온 지 불과 이틀 만에 벌어진 일이었다.

그리고 그동안 수석 요리사였던 고블린 요리사 타디안은

이제 샤크를 보조하는 신세로 전락했다.

그래도 타디안의 표정은 무척 밝았다. 요리 자체를 좋아하는 천성 요리사인 그녀는 샤크가 가진 신비한 요리법을 혹시라도 배울 수 있다는 기대감에 부풀어 있었다.

타디안은 고블린치고는 상당히 예쁘장하게 생긴 편이었다. 일반적인 고블린의 작달막한 체구가 아닌 늘씬한 키에 매력적인 자줏빛 머리카락을 보유해 언뜻 보면 고블린이라기보다는 엘프에 가까워 보였다.

그것은 그녀가 보통의 고블린이 아니라 엘프와 고블린 사이에서 태어난 엘븐 고블린이기 때문이라 했다.

특이한 건 타디안 역시 카치카들처럼 대략 3년여 전쯤에 이상한 포탈 마법진을 타고 이곳 르메스 대륙으로 건너온 것이었다.

그녀가 살고 있던 하온 대륙에는 고블린들이 문명의 주축이 되어 있었는데, 엘프나 인간들은 개체 수가 적어 희귀 종족으로 분류되었다고 했다.

그리고 놀랍게도 하온 대륙의 고대 전설 중에 고블린이 본래 인간이었는데, 마왕의 저주를 받아 고블린이 되었다는 내용도 있었다.

이러한 내용들은 샤크가 타디안에게 물어봐서 안 것이

아니라 그녀가 요리 도중 수다를 떨며 떠벌린 것들이었다.

솔직히 샤크가 무슨 고블린들의 신세까지 다 일일이 물어볼 이유가 있겠는가. 카치카들의 경우는 고기를 하도 잘 구워서 호기심차 물어봤을 뿐이었다.

그런데 우연히 타디안의 입에서 나온 전설의 내용을 듣는 순간 샤크는 왠지 특이하다는 생각이 들지 않을 수 없었다.

카치카들이 살고 있는 펠라드 대륙의 고대 전설과 고블린들이 살고 있는 하온 대륙의 고대 전설이 거의 동일하다 할 정도로 유사했기 때문이다.

게다가 그들이 3년여 전쯤에 르메스 대륙으로 오게 된 상황도 비슷했다.

그저 우연인 것일까?

물론 세상에 우연이라는 것이 존재하겠지만, 이런 식으로 우연들이 겹쳐진다면 절대 그것을 우연으로만 볼 수는 없으리라.

하나씩 따져 보면 뭔가 큰 그림이 그려질 것도 같은데, 아직은 모호했다. 조만간 기회가 되면 하나씩 밝혀 보기로 했다.

어차피 시간이 지나면 저절로 밝혀질 만한 것들이다.

초월자인 그로서는 그가 알고 싶지 않아도 자연히 알게 될 테니까.

특히 이곳 대륙이 어떤 세계에 속해 있는지도 말이다.

그렇게 상념에 빠진 채로 걷는 샤크의 앞에 백색의 반투명한 몸체를 지닌 바람의 정령이 나타났다.

작은 소녀 형상의 정령이었는데, 엄밀히 말하면 그녀가 샤크의 앞에 나타난 것이 아니라 샤크가 그녀 앞으로 걸어간 것이었다.

"어디로 가실 거죠, 수석 요리사님? 당신에게 허락된 곳은 20층에서 28층까지의 구간이랍니다."

소녀 정령이 물었다. 샤크는 빙긋 미소를 지으며 대답했다.

"28층으로 가자."

"바로 아래층이군요."

소녀 정령이 손을 내밀자 샤크의 몸이 빛에 휩싸여 28층의 포탈 마법진으로 이동했다. 그곳에는 훤칠한 키를 지닌 청년 형상의 정령이 서 있었는데, 그 또한 바람의 정령이었다.

Chapter 7

털보 오크의 술집

"28층에 오신 걸 환영합니다, 수석 요리사님."

"그래, 수고가 많구나."

샤크는 정령에게 손을 흔들어 보이고는 주변을 돌아봤다.

28층의 거대한 광장처럼 넓은 공간에는 각종 상점과 카페, 식당, 은행, 무기점, 심지어 도박장이나 술집 등의 유흥 시설이 갖춰져 있었다.

이곳은 안젤루스의 권속이나 노예, 혹은 군단의 병사들, 또한 외부 손님들도 제한 없이 이용 가능한 자유로운 공간이었다.

물론 돈이 있다는 전제하에 말이다.

우습지만 돈만 많다면 이 안에서는 심지어 노예라 해도 떵떵거리며 살 수 있었다.

안젤루스의 노예라면 응당 해야 할 의무적인 노역도 돈만 내면 면제되며, 아주 특별한 몇 가지만 빼고는 돈으로 안 되는 경우가 거의 없기 때문이었다.

안젤루스는 노예라 해도 사유재산을 인정했다.

당연히 돈을 버는 것도 허락해 주었다.

정해진 노역 시간 이외에 노예들이 무슨 일을 해서 돈을 벌든 상관하지 않았고, 그에 대해 세금도 부과하지 않았다.

이곳에서 세금은 노역하지 않을 경우에 내는 일명 노역 면제세(奴役免除稅)뿐이었다.

그러다 보니 노예들은 상점에서 파티 타임으로 일을 해 돈을 벌어 수입을 올리거나, 혹은 세금을 내지 않고 풀타임으로 일을 한다고 했다.

물론 샤크는 따로 돈을 벌기 위해 일을 할 필요가 없었다. 안젤루스의 전속 요리사들에게는 세금을 내지 않아도 노역이 면제되는 것은 물론이요, 따로 보수도 지급되기 때문이었다.

특히 수석 요리사에게는 하루 일당으로 무려 1안젤 50루스가 지급되었다.

안젤과 루스는 이름만 봐도 알겠지만 안젤루스가 만든 화폐 단위였다.

100루스가 1안젤.

이곳에서는 오직 그 안젤과 루스라는 화폐들로만 거래를 할 수가 있었다.

아무리 그의 권역이라 하지만 자신의 이름을 화폐 단위로 사용하다니, 샤크는 왠지 어이가 없었다.

어쨌든 하루의 노역면제세가 10루스이며, 평균적으로 풀타임으로 일을 하는 노예들의 일당이 대략 20루스인 것을 감안하면 하루 일당으로 1안젤 50루스를 받는 샤크는 상당한 고수입을 올리고 있다고 볼 수 있었다.

'은행에 가면 돈을 꺼낼 수 있다고 했던가?'

갖가지 다양한 상품들이 진열되어 있는 상점가를 지나자 카페와 식당들이 보였고, 그곳까지 지나자 은빛의 화려한 건물이 보였다.

그것이 바로 은행이었다. 샤크가 들어가자 타디안 못지 않게 예쁘장한 엘븐 고블린 은행원이 꾸벅 허리를 숙였다.

"어서 오세요, 고객님. 무엇을 도와 드릴까요?"

"여기 오면 돈을 찾을 수 있다고 해서 왔다."

"예, 잠깐만 기다려 주세요."

엘븐 고블린 은행원은 커다란 수정구에 마나를 주입하더니 이내 미소를 지으며 말을 이었다.

"현재 고객님의 계좌에는 4안젤 50루스가 들어 있습니다. 얼마를 인출할까요?"

"몽땅."

"네, 알겠습니다."

잠시 기다리자 샤크의 손에는 은화 4개와 동화 50개가 놓여졌다.

딱 봐도 인간들이 사용하는 은화와 동화를 본떠 만든 화폐였다. 다만 화폐에 안젤루스의 얼굴이 그려져 있을 뿐이었다.

다시 말해 이런 건 굳이 안젤이나 루스라 부르지 않고 그냥 4실버 50쿠퍼로 말해도 되겠지만, 그런 건 금기 사항이라 했다.

'하여간 이 탐식가 드래곤 녀석의 머릿속에는 뭐가 들어 있는지 모르겠군.'

대체 왜 이러는 걸까?

그만큼 안젤루스는 권속들이나 노예들로부터 신적인 존재로 추앙받고 싶은 모양이었다.

게다가 도처에 미모의 엘븐 고블린들을 배치해 둔 이유

는 뭐냐?

'취향 한번 독특하군.'

그리고 보면 샤크가 이곳 대륙에서 만나 본 드래곤들은 하나같이 괴팍한 성격을 가지고 있었다.

골드 드래곤 루켈다스도 그렇고, 실버 드래곤 안젤루스도 마찬가지였다. 또한 흑룡과 전투를 벌였던 레드 드래곤 수피겔도 그들 못지않았다.

베스터에게 들은 바대로면 아이스 드래곤 프루아 역시 만만치 않을 것이다.

뭐 그것도 그들만의 살아가는 방식이라면 할 말은 없겠지만 말이다.

'후후, 어쨌든 돈 벌었군.'

샤크는 손에 4안젤 50루스가 쥐어지자 왠지 흐뭇했다.

그런데 이걸로 여기서 뭘 할 수 있을까?

명색이 초월자인 그가 드래곤의 요리사 노릇을 하는 것도 모자라 드래곤의 얼굴이 그려진 화폐를 받고 좋아하는 상황이 좀 우습긴 했다.

하지만 어차피 이곳에서 돈을 버는 것이나, 르메스 대륙의 다른 왕국이나 제국에 가서 돈을 버는 것이나, 특별히 다를 바 없었다.

인간들은 다 그렇게 돈을 벌고 산다.

대부분의 화폐에는 해당 국가의 왕이나 위대한 영웅들의 얼굴이 새겨져 있는 것이 일반적이며, 특히 대륙 전체에서 통용되는 화폐는 당연히 최강 제국의 초대 황제 얼굴이 새겨진 것을 사용하곤 한다.

따라서 이곳엔 황제의 얼굴 대신 드래곤의 얼굴이 그려져 있을 뿐이니 따져 보면 그다지 이상할 것도 없었다.

'돈이 다 그렇지, 뭐.'

어떤 식의 화폐든 무슨 상관인가. 그냥 그러려니 하고 사용하면 된다. 교환 가치만 있다면 다 쓸모가 있는 것.

"취익! 어서 오십쇼! 털보 오크의 주점에 오신 걸 환영합니다요!"

주위를 둘러보다 샤크가 들어간 곳은 오크가 운영하는 술집이었다.

테이블은 10여 개.

대부분의 테이블이 손님들로 만원을 이루고 있었는데, 다행히 딱 하나의 테이블이 비어 있었다. 샤크는 그 앞에 털썩 주저앉았다.

"취익! 뭐로 드릴깝쇼?"

"맥주랑 안주 아무거나 줘."

"추익! 예엡! 안주 아무거나 대령이오."

샤크가 귀찮아서 대충 말했는데 우습게도 이곳 메뉴에는 '아무거나' 라는 것이 있었다.

말린 문어와 땅콩을 비롯한 견과류로 구성된 안주였다.

샤크처럼 대충 아무거나 달라는 손님을 위해 가장 기본적인 안주들로 준비해 놓은 모양이었다.

곧바로 테이블에는 아무거나 안주와 함께 큼직한 잔이 놓여졌다. 원목으로 만든 큰 잔에는 시커먼 흑맥주가 가득 들어 있었다. 거품이 보글보글 올라오는 것이 제법 품질이 좋아 보였고 향도 나쁘지 않았다.

벌컥!

샤크는 맥주를 한 모금 마신 후 땅콩을 집어 입에 넣었다.

'맛은 별로네. 하지만 이런 걸 마시는 것도 사람 사는 재미 중 하나겠지.'

전생의 마왕 시절에는 거의 해 본 적이 없는 행위였다. 용자 플로라와 잠시 인간 노릇을 해볼 때 술을 마셨던 적이 있었을 뿐이다. 그리고 전전생의 백룡 시절에도 그다지 기억에 없는 행위였다.

백룡은 필사적으로 협의를 추구했지만, 주변에 진정한 친구도 없었고, 진정한 동료도 없었다.

함께 앉아 편하게 술을 마실 동료가 어디 있었을까?

대부분 그의 눈치를 보기 바빴고, 혹시라도 뭐 하나 꼬투리라도 잡힐까 싶어 심지어 식사를 할 때도 동석을 꺼려 했던 것이다.

그땐 그것을 당연하게 여겼지만, 지금 문득 떠올리니 왠지 씁쓸했다.

'내가 좀 까칠하게 살긴 했지.'

전전생의 백룡이건 전생의 마왕 샤크 테사우루스이건 지나고 보니 별로 남는 것도 없었다.

협의도 좋지만 뭘 그리 각박하게 살았을까?

그나마 위안이 되는 것이 있다면 전생에서 끝까지 자신을 믿어 주고 의리를 지켜 준 존재가 한 명 있다는 것이었다.

붉은 머리의 로아탄 카렌!

샤크는 왠지 그녀가 미치도록 보고 싶었다.

그가 비록 전생이라 표현하고 있긴 하지만, 머지않아 다시 혼돈자의 경지에 이르면 다시 환야로 돌아갈 수 있을 것이다.

과연 그때까지 카렌이 살아 있을까?

만일 타락한 용자 르티아와 당시 살아남은 일루전의 초월자들이 그사이 능력을 일부라도 회복해 카렌을 공격한다면 그녀는 살아남을 수 없을 것이다.

그런 걸 생각하면 왠지 마음이 조급해지긴 했지만, 샤크는 어느 정도 마음을 비운 상태였다.

그가 조바심을 낸다고 해서 달라지는 것은 없기 때문이었다.

아득한 차원의 저편인 환야에서 벌어지는 일을 지금의 샤크가 어찌할 수 있을까?

최소 십 년 이상의 시간이 지나야 팔찌에 봉인된 차원력을 흡수할 수 있고, 그로부터 상당한 시간이 지나야 혼돈자의 경지에 이를 수 있다.

따라서 그는 환야에서의 삶을 스스로 전생이라 表現하며 가능한 조바심을 내지 않으려 했다. 기왕 인간으로 태어났으니 인간스럽게 살아보려고 하는 것도 그런 이유에서였다.

그런데 문득 홀로 테이블에 앉아 맥주를 마시고 있으니 왠지 카렌이 보고 싶었다.

그러다 보니 동시에 떠오르는 존재가 하나 더 있었으니.

다름 아닌 헤나.

그녀는 머리카락이 푸른색이라는 것만 제외한다면 마치 카렌이 환야를 떠나 이곳 르메스 대륙에서 환생했다 싶을 정도로 동일한 용모를 가지고 있었다.

여자지만 나약하지 않은 성품까지 카렌을 똑 빼닮았다.

'그것참, 기이한 인연은 인연이로군.'

어쨌든 헤나 때문에라도 샤크는 더욱 카렌이 보고 싶었다.

'카렌! 꼭 살아 있어라.'

카렌은 용자로서의 자신보다 샤크의 가디언으로서의 자신이 더욱 행복하다 말했다. 그럼에도 불구하고 샤크는 그녀에게 용자가 되라며 강요를 한 것이었으니, 왠지 후회가 되었다.

'카렌! 내가 돌아갔을 때 네가 여전히 절대용자보다는 나의 영원한 가디언이 되길 원한다면, 그땐 널 받아 주마.'

그렇게 내심 다짐하며 맥주를 한 모금 더 마셨을 때였다.

"하아! 수석 요리사님! 여기 계셨군요."

다름 아닌 타디안이었다. 그녀는 샤크가 술집에서 맥주를 마시고 있는 모습을 보며 뜻밖이라는 표정을 지었다.

"호호! 이런 곳에서 혼자 청승맞게 술을 마시고 계시다니요. 다음부터는 술을 마시고 싶으면 저도 불러 주세요."

"생각해 보마. 그런데 무슨 일이냐?"

"푸드 헌터들이 돌아왔어요."

그 말에 이번에는 샤크가 놀랐다.

"벌써 그 희귀한 재료들을 모두 구했다는 건가?"

"네. 그들은 그쪽에 도가 튼 자들이거든요."

샤크는 실소를 지었다. 고작 맥주 두 모금에 땅콩 하나 씹어 먹었을 뿐인데, 이렇게 일어나야 하다니.

악덕 드래곤의 노예 인생이 다 이런 거지 뭐 어쩌겠는가.

샤크는 땅콩을 몇 개 집어 입에 털어 넣었다.

와작! 짭짭!

그러고는 자리를 털고 일어나 털보 오크를 쳐다보며 물었다.

"여기 얼마냐?"

그러자 오크가 히죽 웃으며 대답했다.

"취익! 맥주는 1루스입니다요. 안주는 처음 오셨으니 오늘은 무료입니다."

그러니까 맥주 값만 받겠다는 뜻이었다. 샤크는 동전 한 개 즉, 1루스를 테이블에 내려놓고는 타디안과 함께 29층의 조리실로 올라갔다.

그리고 곧바로 요리를 시작했다.

물론 샤크는 슬쩍 식재료들을 다듬는 듯 몇 번 주물럭거린 후 나머지는 타디안에게 맡겼다. 그러면 타디안이 다른 보조 요리사들과 함께 정성껏 요리를 만들었다.

따라서 따져 보면 실상 모든 요리는 타디안이 만들었다

고 봐야 하리라.

그러나 이곳의 그 누구도 그렇게 생각하지 않았으니.

그것은 샤크의 주물럭거리는 과정을 거치지 않았을 경우 타디안이 만들어 낸 요리의 맛은 그저 뛰어난 정도일 뿐, 안젤루스가 먹다가 환장하고 미칠 정도의 기막힌 맛은 나오지 않기 때문이었다.

따라서 샤크가 식재료들을 주물거릴 때마다 타디안은 힐끗 곁눈질로 샤크의 손놀림을 주시하곤 했다.

그녀는 샤크의 그 손놀림에 뭔가 비법이 있다고 확신했기 때문이었다. 두 눈을 반짝이며 뭔가를 배우려고 하는 예쁘장한 엘븐 고블린의 진지한 표정을 보며 샤크는 피식 미소를 지었다.

"배우고 싶으냐?"

"네, 영원한 스승님으로 모시겠어요."

"좋아. 기회가 되면 하나씩 알려 주마."

"정말이세요?"

"물론이야. 그러니 앞으로 너는 날 철저히 스승님으로 받들어 모셔야 한다."

"알았어요. 수석……아니, 스승님."

물론 초신요리법의 진정한 효과는 무극지기가 없으면 낼

수 없다. 다만 적당히 미감을 자극하는 효력 정도는 무극지기가 아닌 보통의 마나로도 웬만큼은 가능했다.

즉, 타디안이 꾸준히 노력한다면 샤크가 만드는 기막힌 맛의 대략 팔구 할 정도는 낼 수 있게 된다는 뜻이다.

특히 꾸준한 노력이 중요했다. 샤크는 그런 노력 없이 그저 상상 속에서 창안한 후 바로 펼칠 수 있었지만, 타디안은 달랐다.

아마도 꾸준히 한 달은 노력해야 삼 할 정도의 맛을 낼 수 있을 것이고, 샤크가 만든 요리의 팔구 할 정도의 맛을 내는 수준에 이르려면 적어도 1년은 노력해야 할 것이다.

그러나 그녀가 평생을 노력한다 해도 샤크와 동일한 수준의 맛을 낼 수는 없었다.

그것은 타디안의 재능이 부족해서가 아니라 무극지기를 다룰 수 없기 때문이다.

그녀의 요리사로서의 재능이 특출 나기에 그나마 초신요리법의 일부라도 흉내 낼 수 있게 되는 것이지, 그렇지 않았다면 샤크는 그녀에게 그것을 전수할 생각도 하지 않았을 것이다.

잠시 후 타디안과 보조 요리사들은 네 가지 메인 요리를 완성했다. 그사이 또 다른 보조 요리사들은 메인 요리와 곁

들여 먹을 수 있는 수십 가지의 사이드 요리를 준비해 놓았다.

"다 됐어요, 스승님."

"좋아, 가자."

언제 봐도 거창한 만찬이다. 이런 걸 매일 입 속에 쑤셔 넣는 실버 드래곤 안젤루스의 팔자야말로 진정한 상팔자가 아닐까 싶었다.

한편으로 부럽다는 생각이 들 정도였다.

'뭐, 그것도 얼마 후면 끝나겠지만.'

샤크는 의미심장한 미소를 지으며 29층의 포탈 마법진에 있는 소녀 정령의 앞으로 갔다. 샤크의 뒤로 요리사들과 시녀들이 각종 요리를 들고 나타나자 소녀 정령은 싱긋 미소 지으며 말했다.

"로드의 만찬이 준비되었군요. 그럼 30층의 만찬실로 보내드릴게요."

"그래, 부탁한다."

샤크가 고개를 끄덕이자 소녀 정령은 양손을 내밀었고, 그녀 아래에 있던 마법진이 찬란하게 반짝이며 빛을 발했다.

화아아악—

곧바로 샤크를 비롯한 요리사단은 안젤루스 전용 만찬실 앞으로 이동되었다.

온갖 고급스럽고 화려한 장식으로 치장되어 있는 만찬실의 내부에는 기다란 백색 테이블이 놓여 있었다.

뜻밖인 점은 보통 때와 달리 오늘은 테이블 앞에 안젤루스 외에 또 다른 누군가가 앉아 있다는 것이었다.

붉은 머리를 가진 오우거! 샤크는 그가 누군지 단번에 알아봤다.

'레드 드래곤 수피겔!'

흑룡을 블러디 포그에 가둬 놓고 오후스의 방패를 훔쳐 달아난 괘씸한 녀석이니 샤크가 어찌 못 알아보겠는가.

더구나 오후스의 방패뿐 아니라 무려 1,500여 개의 보물상자도 싹 쓸어간 녀석이었다.

심정 같아서는 지금 당장 흑룡을 이곳으로 불러 수피겔의 보물을 몽땅 토해 내게 만들고 싶었지만 참아야 했다.

그는 당분간 조용히 지내기로 작정한 바 있기 때문이다.

'그나저나 저 녀석은 왜 이곳에 왔나?'

아마도 이유야 뻔하지 않겠는가. 틀림없이 그는 거신 오후스의 방패를 얻었다며 안젤루스에게 자랑하러 왔을 것이다.

안젤루스의 표정이 평소와 달리 굳어져 있다 못해 침울

해 보이는 것도 그 때문일 것이다.

반면에 수피겔은 연신 느물거리는 표정으로 히죽히죽 웃고 있었다.

"흐흐흐. 그래서 말이야. 세상에 그곳에 거신 오후스의 방패가 있을지 그 누가 상상을 했겠느냐? 안젤루스, 너도 들어 봤을 거다. 거신들 중에 가장 강하다고 알려진 전설의 여전사 오후스에 대해서 말이야."

아니나 다를까, 딱 샤크가 짐작하는 그대로였다. 어찌 저리 예상을 한 치도 못 벗어난다는 말인가. 명색이 드래곤이라는 녀석들이 말이다.

그때 안젤루스가 인상을 일그러뜨리며 말했다.

"이봐, 수피겔! 지금 네놈이 그 얘기를 벌써 서른 번째 반복하고 있다는 것 알고 있느냐? 한 번이면 족한 것을 대체 서른 번이나 반복하는 이유가 뭐냐?"

두 눈을 부릅뜬 안젤루스의 표정에는 정말로 배가 아프다 못해 찢어질 것 같은 처절한 심정이 여실히 드러나 있었다. 수피겔은 다시 히죽 웃었다.

"흐헛! 그래, 그만하도록 하겠다. 하긴 뭐, 그래 봤자 방패가 방패겠지 별거 있겠냐? 설명에 의하면 어떤 마법이나 물리적 공격도 다 튕겨낼 수 있다고 해서 정말 그런지 내가 한번 시험을 해 봤지. 크크큭! 아니, 글쎄! 그게 정말이더라고. 브림스톤 파이어를 날려도 꿈쩍하지 않았다니까."

"그만! 그만하라고! 이 흉물스러운 오우거 놈아! 대체 언제까지 내 앞에서 자랑질을 할 셈이냐?"

안젤루스가 양손으로 자신의 은발을 쥐어뜯으며 외쳤다. 수피겔은 어색한 표정으로 헛기침을 했다.

"험! 아무리 그래도 흉물스러운 오우거라니 말이 좀 심하군. 드래곤인 내게 말이야!"

"오우거를 보고 흉물스럽다고 하지 뭐라 한단 말이냐? 그 말을 듣기 싫으면 다른 모습으로 폴리모프하든가."

"닥쳐라! 안젤루스! 그럼 내가 네놈을 하찮은 인간 놈이라고 말하면 좋겠느냐? 엉?"

"네놈이나 닥쳐라! 자랑질은 그만하고 썩 꺼져라."

"으득! 그냥 가겠다고 하는 나를 잡아 만찬을 대접하겠다고 한 건 네놈이다, 안젤루스!"

그러자 안젤루스는 흠칫하더니 이내 의미심장한 미소를 흘리며 고개를 끄덕였다.

"아, 그랬지. 그래, 모처럼 왔으니 만찬을 함께하도록 하자."

"됐다, 이놈아! 이 기분에 요리가 입에 들어가겠느냐?"

"글쎄! 먹어 보면 생각이 달라질 것이다."

"안 먹어! 안 먹는다고!"

"먹어 보라니까!"

그렇게 다시 둘이 옥신각신 다투는 모습을 샤크는 심드 렁한 표정으로 쳐다보다 결국 한마디 했다.

"요리 준비됐으니 그만들 닥치고 처먹어라."

순간 안젤루스와 수피겔의 고개가 일제히 샤크를 향했다.

"으득! 저 망할 요리사 놈이 또!"

"저놈은 대체 뭐냐?"

안젤루스의 인상이 일그러진 반면 수피겔은 황당해하는 표정을 지었다. 그가 잘못 듣지 않았다면 인간 요리사가 분 명 '닥치고 처먹어라.' 라고 했던 것이다.

그것은 가히 욕이라 할 수 있는 것인데, 보통 욕을 먹으 면 기분이 나빠야 정상이지만, 하도 기가 막히다 보니 오히 려 헛웃음이 나왔다.

탁!

안젤루스가 한 손으로 테이블을 살짝 내려치며 말했다.

"정신이 돈 녀석이다. 그러니 저놈이 하는 말은 신경 쓰 지 마라. 저 말대로 너는 그냥 요리나 처먹도록 해."

"너야말로 지금 제정신이냐?"

수피겔은 두 눈을 휘둥그레 떴다. 인간 요리사가 두 드래곤에게 욕을 한 것도 기막힌 일인데, 그것을 마치 어쩔 수 없다는 듯 받아들이고 있는 안젤루스의 태도를 그는 도무지 이해할 수 없었던 것이다.

"지극히 제정신이니 염려 마라. 다들 뭣들 하느냐? 어서 요리를 가져다 날라라."

"예, 로드."

순간 타디안이 재빨리 대답했다. 그녀는 지금 간이 녹아 버릴 듯 긴장한 상태였다. 샤크가 아무리 그래도 그렇지, 설마 또 다른 드래곤이 있는 앞에서까지 거침없이 막말을 해 댈 줄은 상상도 못 했기 때문이었다.

'로드에게 닥치고 처먹으라니! 스승님 때문에 내가 못 살아, 정말.'

타디안뿐 아니라 다른 고블린 요리사들도 모두 죽상을 하고 있었다. 그들은 샤크의 불손한 말로 인해 안젤루스 등이 분노하여 자신들에게도 그 여파가 미칠까 두려웠다.

'크윽! 저 인간 놈 좀 누가 안 잡아가나.'

'케엑! 하루라도 좀 조용히 살고 싶다고.'

그러나 정작 샤크는 그런 것을 전혀 신경 쓰지 않았다. 안젤루스는 샤크가 또 무슨 막말을 할지도 모른다는 생각에 손을 휘저으며 외쳤다.

"수석 요리사! 네놈의 생명은 사 일 연장됐다. 그러니 이
제 그만 나가 봐라."

"그러지."

샤크 또한 드래곤들이 식사하는 장면을 우두커니 서서
지켜보고 싶은 마음은 없었다. 물론 샤크를 제외한 다른 요
리사들은 대기 자세로 있어야 했지만 말이다.

곧바로 마법진의 정령에 의해 샤크는 29층으로 강제 이
동됐다.

그렇게 샤크가 사라지자 안젤루스는 안도의 한숨을 내쉬
더니 이내 다시 의미심장한 미소를 지었다.

'크크, 그 막돼먹은 놈 때문에 체면은 좀 구겼지만 그래
도 요리 하나만은 끝내주니 이걸로 수피젤 녀석을 좀 약 올
려야겠구나.'

거신 오후스의 방패를 얻었다며 자랑질을 하는 수피젤을
굳이 붙잡아 둔 이유는 바로 그것 때문이었다. 수피젤은 오
우거인 외모에서도 알 수 있듯이 탐식가로 따진다면 오히
려 안젤루스를 훨씬 능가했다.

따라서 수피젤이 샤크의 요리를 맛본다면 깜짝 놀랄 것이
며, 이런 놀라운 요리를 만드는 요리사를 안젤루스가 데리

고 있다는 것을 알면 무척이나 부러워할 것이 틀림없었다.

　아마도 그는 오후스의 방패와 샤크를 바꾸자고 할지도 몰랐다. 물론 안젤루스는 전혀 바꾸고 싶은 생각이 없었다.

　거신병이 탐나긴 하지만 그거야 앞으로 온갖 대륙들을 뒤지다 보면 언제고 구할 수 있는 물건일 것이다.

　그러나 샤크와 같은 특별한 요리사는 그 어디서도 찾아보기 힘들었다. 그가 가히 1만 년이 넘는 장구한 용생(龍生)을 사는 동안 한 번도 샤크처럼 기막힌 요리를 만드는 요리사를 본 적이 없기 때문이다.

　그러니 어찌 샤크와 오후스의 방패를 교환하겠는가.

　'흐흐, 잠시 후면 네놈은 부럽다 못해 아마 배가 아파 죽을 지경이 될 것이다, 수피겔.'

　수피겔을 상대로 자랑질할 생각을 하자 안젤루스의 입가에는 절로 미소가 맺혔다.

Chapter 8

지상 최고의 맛!

와구 와구! 짭짭!

안젤루스의 예상대로였다. 처음에는 시큰둥한 반응을 보이던 수피겔이 사슴 고기 스테이크를 한 조각 잘라 입에 넣는 순간, 벼락이라도 맞은 듯 움찔 몸을 떨더니 믿을 수 없다는 표정을 지었다.

"으! 믿을 수 없다. 세상에 이런 맛이 존재하다니!"

안젤루스는 회심의 미소를 지었다.

"이제 알았느냐?"

"우적! 어떻게, 쩝! 이런 요리를……짭짭…… 마, 만들었느냐?"

수피겔은 말을 하면서도 고기를 씹기 바빴다. 그의 양손은 바람처럼 움직이며 요리들을 입으로 퍼 나르고 있었다.

순간 모든 메인 요리를 수피겔에게 빼앗길 것 같은 위기의식을 느낀 안젤루스 역시 손이 바빠지지 시작했다.

'안 돼! 이대로라면 저놈의 배 속으로 모조리 사라지고 만다. 특히 저 황금 문어 요리만은 양보 못 해! 일단 내 접시에 퍼 담아 놔야겠군.'

공연히 자랑질 한번 하려다가 이게 웬 봉변인가.

본래라면 시녀들이나 요리사들이 직접 고기를 잘라다 그의 접시에 가져다주게 했겠지만, 지금은 그런 걸 기다리고 있을 만큼 한가한 상황이 아니었던 것이다.

쑥! 쑥—

안젤루스의 두 팔이 고무줄처럼 늘어나 멀리 식탁 중앙에 있는 황금 문어 요리 접시를 통째로 집어 들었다. 그러고는 바람처럼 그 접시를 자신의 앞으로 가져갔다.

번뜩!

순간 수피겔이 적의 가득 찬 눈빛을 보이더니 손을 쭉 뻗었다. 그의 팔 역시 고무줄처럼 늘어났다. 그는 번개처럼 안젤루스 앞에 놓인 황금 문어 요리 접시를 낚아챘다.

"어딜 감히!"

이에 발끈한 안젤루스가 다시 손을 뻗어 공격했고, 수피겔은 당할 수 없다는 듯 황금 문어 요리 접시를 붕 띄웠다.

둥실.

허공에서 접시가 부유하듯 떠 있는 아래로 두 드래곤들의 늘어난 팔들이 치열한 난투극을 벌이기 시작했다.

"저건 양보해라."

"네놈이나 양보해!"

"만찬에 초대해 놓고 주인이 손님에게 할 소리냐?"

"닥쳐라! 그만큼 처먹었으면 이제 그만 꺼져라."

먹을 것을 가지고 싸우는 저들은 정말로 어디 가서 드래곤이라 말하기도 창피할 것이다. 불안한 표정으로 그 장면을 쳐다보고 있는 타디안도 속으로는 그들이 한심하다 생각하고 있을 정도였다.

그런 식으로 샤크가 초신요리법을 펼쳐 놓은 네 가지 메인 요리들이 모조리 사라지고 나서야, 두 드래곤들의 난투극은 끝이 났다. 각종 채소 요리를 비롯한 사이드 요리들이 잔뜩 있었으나 둘 다 그것들에는 시큰둥한 기색이었다.

"꺼억! 잘 먹었다. 크하하하! 이렇게 맛있는 요리는 내 생에 처음이로군."

수피겔은 언제 싸웠느냐는 듯 호탕하게 웃었다. 안젤루

스 역시 특유의 귀족스러운 미소를 흘리며 말했다.

"후후후, 어떠냐? 처음이자 마지막으로 먹어 본 특별 요리가?"

"맛있다는 건 인정하지. 그런데 그 무슨 섭섭한 소리냐? 처음이자 마지막이라니 말이야."

"우하하하! 이후로 두 번 다시 네게 맛보일 일은 없을 테니 처음이자 마지막이라 말한 것이다."

"으으! 이 치사한 놈 같으니!"

수피겔은 안젤루스를 노려봤다. 그는 애써 태연한 척하려 했지만, 속으로는 정말 미칠 지경이었다. 방금 전과 같은 요리를 매일 먹는다면 얼마나 행복하겠는가?

"솔직히 말해 봐라. 혹시 아까 그놈이 그 요리들을 만든 요리사냐? 우리들에게 닥치고 처먹으라고 말했던 그놈 말이야."

"후후, 맞아. 그놈이 입은 좀 막돼먹었지만, 요리 하나는 끝내주지. 세상에 하나밖에 없는 특별한 요리사. 바로 나 안젤루스의 수석 요리사이지."

안젤루스는 만면에 미소를 지으며 말했다. 그러자 수피겔은 볼 것도 없다는 듯 제의를 했다.

"바꾸자."

"뭘 바꿔?"

"내가 이 오후스의 방패를 네게 줄 테니 그놈을 내게 줘라."

"킥! 미친놈! 일없으니 꺼져라."

안젤루스는 어림없다는 듯 고개를 흔들었다. 수피겔이 보물 상자들을 덤으로 얹어 주겠다고 했지만, 그는 코웃음을 칠뿐이었다.

"아무리 그래 봤자 소용없다, 수피겔! 제아무리 대단한 보물들이라 한들 하루에 몇 번씩 맛있는 요리를 먹는 즐거움에 어찌 비할 수 있겠느냐?"

"빌어먹을! 내가 더러워서 그놈보다 더 요리 잘하는 놈을 구하고 말 테다."

"과연 그게 가능할지 모르겠구나."

"으득! 두고 보자 망할 실버 드래곤 놈!"

수피겔은 결국 씩씩대며 사라졌고, 안젤루스는 한동안 통쾌한 듯 아루드 성이 떠나가도록 크게 웃어 댔다.

"크하하하! 이제야 좀 속이 후련하구나."

부러워 미치겠다는 표정으로 돌아간 수피겔의 모습을 떠올릴 때마다 그의 입가에는 절로 다시 미소가 지어질 정도였다.

그러나 그것도 잠시일 뿐.

요리를 배불리 먹고 포만감이 생기자, 그는 은근히 거신병에 대한 집착이 생기지 않을 수 없었다.

'프루아는 라도스의 검을 얻었고, 수피겔 녀석이 오후스의 방패를 얻었다. 그렇다면 나라고 못 얻을 리는 없지.'

그는 르메스 대륙의 어딘가에 분명 드래곤들이나 트레저헌터들이 털지 않은 거신총들이 남아 있으리라 확신했다.

'그래, 샅샅이 뒤져 보는 거다.'

그것을 위해 그는 푸드 헌터들을 활용하기로 했다. 그의 미감과 식성을 충족시키기 위해 그간 온갖 구박이란 구박은 다 받아 가며 희귀한 식재료들을 구하러 다니던 푸드 헌터들. 그들이라면 뭔가를 찾아내는 데 도가 터 있으니, 어딘가에 숨어 있을 거신총을 반드시 발견할 것이다.

그뿐만 아니라 그는 그의 가디언들까지 모조리 거신총을 찾으라며 내보냈다.

"거신총을 찾지 못하면 각오해라!"

"거신총을 찾는 녀석은 영원히 노역이 면제된다!"

"거신총만 찾아라! 그러면 평생 놀고먹게 해 주겠다!"

그의 닦달에 가디언들과 푸드 헌터들은 발이 닳도록 뛰어다녀야 했다.

안젤루스 역시 르메스 대륙의 온갖 오지란 오지에 탐지 마법을 펼쳐 가며 거신총을 찾아 나섰다.

물론 그 와중에도 그는 하루 한 번 아루드 성으로 돌아와 요리를 먹는 건 잊지 않았다.

샤크는 안젤루스가 그러거나 말거나 상관하지 않고 묵묵히 만상무극심법에 몰두했고, 때마다 한 번씩 초신요리법을 펼쳐 요리를 만들어 주었다.

그리고 간혹 심심하면 28층에 있는 털보 오크네 주점에 내려가 시원한 흑맥주와 '아무거나' 안주를 시켜 놓고 엘븐 고블린 타디안과 대작(對酌)을 하기도 했다.

그렇게 며칠이 지났을까?

샤크는 드디어 거신 오후스의 거신총에 있던 흑룡이 암흑지신의 3단계 연공에 성공했음을 알 수 있었다.

*　　　*　　　*

콰르르르―

흑룡이 거신총을 나서자 사방이 지진이라도 난 듯 흔들리더니 그대로 폭삭 내려앉았다.

본래 거신총이 있던 폐허는 상당한 둔덕이 형성되어 있

었는데, 거신총이 무너지자 매몰되며 인근의 지형이 평지처럼 변했다.

스윽.

흑룡은 햇살이 환하게 내리비추는 평지 위에 당당히 서 있었다. 언데드 좀비지만 빛은 그에게 어떤 피해도 주지 못했다.

암흑지신의 1단계 경지만 이루어도 빛을 두려워하지 않게 되는데, 무려 3단계까지 상승한 그에게 밝은 햇살은 오히려 훈훈한 기분을 느끼게 할 뿐이었다.

번쩍이는 금갑!

찬란한 금빛 투구를 뒤로 넘긴 흑룡의 외모는 인세에서 볼 수 없는 멋들어진 모습이었다. 은발의 신비로운 외모를 가진 본신 샤크에 못지않을 정도였다.

아아, 그 누가 지금의 흑룡을 언데드 좀비라 생각하겠는가.

그때까지 폐허 근처에서 서성이며 루켈다스가 돌아오기를 기다리고 있던 벡쿠스 등도 지금 저 금빛의 아름다운 외모를 지닌 청년이 며칠 전 자신들을 구해 준 흑룡이란 사실을 알아보지 못했다.

흑룡이 힐끗 고개를 돌려 벡쿠스의 등을 쳐다봤다.

'지금 저놈들을 굳이 손볼 필요까진 없겠지.'

사실 불과 얼마 전까지만 해도 그는 벡쿠스를 가만두지 않겠다며 벼르기도 했지만, 지금은 그다지 그런 마음이 들지 않았다.

그만큼 강해지며 마음이 여유로워져서일 것이다.

약했을 때는 사소한 것 하나까지도 분노의 대상이었지만, 지금은 오히려 벡쿠스 등이 불쌍한 녀석들이란 생각이 들 정도였다.

'죽일 놈은 드래곤 녀석들이지.'

로드인 루켈다스가 나쁜 놈이지 저들이 무슨 죄가 있겠는가. 게다가 벡쿠스가 챙겨 뒀던 보물들은 수피겔이 모두 털어 갔다.

아무것도 없는 녀석들을 족쳐봐야 화풀이밖에 되지 않을 터.

휘익—

흑룡은 이내 한 줄기 금빛의 바람이 되어 어디론가 사라졌다.

한편 북해의 얼음 바다에서 아이스 드래곤 프루아에게 시달리고 있었던 루켈다스는 그녀가 잠시 볼일을 보러 간

틈을 노려 기적적으로 도주하는 데 성공했다.

'제길! 끔찍했다.'

프루아만 떠올리면 이가 갈리는 루켈다스였다. 그녀는 루켈다스를 순순히 놔줄 생각이 없었다. 아마 볼일을 보러 가지 않았다면 앞으로 한동안 루켈다스는 계속 그녀의 자랑질에 시달렸어야 했으리라.

'두고 보자! 나도 반드시 거신병을 손에 넣겠다.'

그는 그때 프루아 앞에 나타나 보란 듯이 자랑질을 하며 복수해 줄 생각이었다.

화아아악!

잠시 후 루켈다스는 아득한 공간을 가로질러 아트리아 숲의 상공에 나타났다.

"아니?"

그런데 이게 어찌 된 일인가.

마땅히 결계로 감춰졌어야 할 공간이 훤히 드러나 있었다.

"이런……! 결계를 누군가 부쉈군."

그뿐이 아니다. 둔덕이 폭삭 가라앉은 것을 보면 거신총의 지하 무덤이 매몰 된 것이 분명했다.

'어떤 놈이 감히!'

루켈다스는 제정신이 아니었다. 프루아의 온갖 협박과

자랑질을 당하는 굴욕적인 상황 아래서도 그에게 어둠 속의 빛과 같은 희망이 있었다면, 바로 이곳 거신총에 고대 거신병이 있으리라는 기대 때문이었다.

그런데 그 희망이 사라져 버렸으니, 이 얼마나 기막힌 일인가?

그의 섬뜩한 두 눈이 인근에서 서성이고 있는 카치카들을 향했다. 다름 아닌 벡쿠스를 비롯한 제13군단의 정예들이었다.

곧바로 루켈다스는 그들 앞에 내려섰다.

"루, 루켈다스 님!"

"벡쿠스, 어떻게 된 일이냐?"

루켈다스의 착 가라앉은 눈빛을 보며 벡쿠스는 몸을 떨었다.

"수피겔 님이 나타나 저희에게 수면 마법을 펼쳤습니다. 이후로는 어떻게 된 일인지 모르겠습니다."

"으득! 수피겔! 그놈이!"

루켈다스는 비로소 자신이 펼쳐 둔 결계를 파괴한 이가 레드 드래곤 수피겔임을 알 수 있었다.

'그놈이 거신병과 보물들을 모조리 쓸어간 게 분명해. 감히! 이건 명백히 나에 대한 도발이다. 도저히 용서할 수

없다, 망할 오우거 놈!'

곧바로 루켈다스의 몸이 금빛 광채에 휩싸인 채 어디론
가 사라졌다.

그때 자이언트 카치카 벡쿠스는 망연자실한 표정으로 그
자리에 서 있었다.

'으……!'

그는 사실 기가 팍 죽었다.

언제고 루켈다스를 비롯한 드래곤들을 해치우고 카치카
들이 이곳 르메스 대륙을 지배하게 만들겠다는 야심을 가
진 그였다.

그런데 그동안 그가 가졌던 과신은 그저 착각에 불과했
다. 드래곤은 그가 생각했던 것보다 몇 배는 더 강했다.

'검 한번 휘둘러 보지도 못했다.'

그동안 벡쿠스는 자신이 가진 검술이라면 드래곤과도 한
번 싸워 볼 수 있으리라 생각했는데, 수피겔의 수면 마법
한 방에 무력하게 당하고 나자 자신감이 상실된 것이었다.

그뿐이 아니다.

수면 마법에 걸려 곯아떨어진 채 매몰될 위기에 처한 그
와 그의 부하들을 구해 준 정체불명의 존재.

'그는 또 누구인가?'

벡쿠스는 그에게서 몸서리치는 두려움을 느꼈다. 상상을 초월한 섬뜩한 위압감이 그로부터 느껴졌기 때문이었다.

게다가 루켈다스가 나타나기 전 잠시 모습을 드러냈던 금빛 갑주의 인간도 마찬가지였다. 벡쿠스는 그의 시선조차 감당하기 힘들었다.

그러다 보니 그동안 세상 무서운 줄 모르고 야심을 키워 가던 벡쿠스로서는 절망에 빠지지 않을 수 없었다.

'크으! 이대로 카치카들은 영원히 칼드 제국 황제의 노예로 지내야 하는 건가? 펠라드 대륙으로 돌아가는 것은 영원히 불가능한 것인가?'

그저 과격하고 성질 더러워 보였던 벡쿠스가 남들에게 밝히지 않는 내심이었다.

그것은 드래곤의 노예가 되어 버린, 아니, 엄밀히 말하면 정체불명의 황제인 베네트 3세의 노예가 되어 버린 카치카들을 고향이라 할 수 있는 펠라드 대륙으로 귀환시키는 것이었다.

그러나 이대로라면 그것은 그저 불가능한 일일 뿐이었다. 카치카들 중 최강의 존재라 할 수 있는 그조차 드래곤들 앞에서는 그저 무력한 미물에 지나지 않았으니까.

한편 그때 루켈다스는 칼드 제국 북동부 오드 산맥의 상공에 모습을 드러냈다.

'용서할 수 없다!'

시뻘건 용암들이 들끓고 있는 화산 지대를 내려다보는 그의 눈빛은 분노로 가득했다.

'모조리 파괴해 주마.'

그저 평범한 화산 지대로 보이지만 실상 그것은 수많은 마법진들로 만들어 놓은 환상에 불과할 뿐이었다.

실제로는 저 아래 숨겨진 도시가 존재했다.

수피겔의 레어를 중심으로 거대한 지하 도시가 형성되어 있는 것이다. 그 규모는 실버 드래곤 안젤루스의 아루드 성 못지않았다.

스스스—

그사이 금발의 인간 청년이었던 루켈다스의 모습이 사라지고 그 자리에 거대한 금빛의 드래곤이 모습을 드러냈다.

루켈다스가 본신으로 변한 것이다.

"크크크! 수피겔 각오해라."

그는 드래곤이 가진 모든 능력 중 가히 최강의 파괴력을 가진 브레스를 날릴 생각인 듯 입을 쩍 벌렸다.

바로 그 순간 그의 앞에서 서늘한 음성이 들려왔다.

"멈춰라! 루켈다스! 아무리 화가 나도 그렇지 브레스를 날리려 하다니, 정신이 나갔느냐?"

붉은 머리의 오우거, 다름 아닌 수피겔이었다. 루켈다스의 두 눈이 하얗게 번뜩였다.

"크크크! 역시 네놈은 내가 올 줄 알고 기다리고 있었군. 이 흉물스러운 오우거 놈! 감히 나의 보물을 훔쳐 가고도 무사할 줄 알았느냐?"

"흠! 보물이라면 혹시 이것을 말하는 건가?"

수피겔은 만면에 미소를 지으며 금빛의 아름다운 방패 하나를 아공간에서 꺼내 보였다.

루켈다스의 시선이 그 방패에 고정되었다.

'오! 저것은?'

한눈에 봐도 심상치 않은 보물이라는 것이 느껴졌다. 그러자 수피겔이 히죽 웃으며 말했다.

"거신 오후스라고 들어 봤느냐, 루켈다스?"

"오후스……?"

루켈다스의 입이 다시 쩍 벌어졌다. 르메스 대륙의 수많은 거신들 중 가히 세 손가락 안에 들었다던 가공할 만한 전투력의 여전사 오후스를 그가 어찌 모르겠는가.

"으으! 그럼 설마 그것이?"

"물론이다. 이 방패가 바로 거신 오후스의 불가사의한 방어력이 깃든 거신병이다."

수피겔은 오후스의 방패를 흔들어 보이며 득의만만한 표정을 지었다.

"으득! 수피겔! 네놈이 감히 내 보물을 훔쳐 가다니! 가만두지 않겠다."

"큭! 천만에! 이것이 어찌 네 보물이란 말이냐? 거신병은 누구든 먼저 차지하는 자가 임자이지. 너는 그저 거신총 주위에 결계를 펼쳐 뒀을 뿐, 거신병을 찾아내지 못한 반면, 나는 수많은 관문을 통과해 거신병을 손에 넣었단 말이다."

"닥쳐라! 그것을 내게 돌려주든지 아니면 내 손에 죽든지 둘 중의 하나를 선택해라!"

루켈다스는 수피겔을 향해서도 브레스를 날릴 기세였다. 이런 경우라면 수피겔 역시 본신으로 변해야 브레스에 맞설 수 있을 것이다.

그러나 수피겔은 오우거로 폴리모프 된 그 상태를 계속 유지하면서도 시종 여유로워 보였다.

"어리석은 골드 드래곤 놈! 내 손에 이것이 들려 있는 것을 보고도 아직 모르겠느냐? 네놈이 무슨 수를 써도 날 어쩔 수 없다는 걸 말이야."

"크카카카! 닥쳐라."

더 이상 못 들어주겠다는 듯 루켈다스는 입을 쩍 벌린 그대로 수피겔을 향해 브레스를 쏟아 냈다.

좌아아아—

그것은 가공할 만한 금빛의 폭풍이었다. 이 브레스의 폭풍에는 거대한 성이라 해도 단번에 먼지로 만들어 버릴 만큼 무서운 파괴력이 깃들어 있었다.

"으! 이 미친놈! 그렇다고 진짜 브레스를……."

순간 수피겔은 당황한 표정으로 오후스의 방패를 들어 막았다. 물론 그는 이 방패를 믿고 있긴 했지만, 설마 루켈다스가 정말로 브레스를 날릴 줄은 상상도 못 했다.

그것은 엄연한 금기 사항이었다.

드래곤들은 서로 다투거나 적당히 전투를 벌이는 것까지는 허용되지만, 상대를 죽여 없애거나 혹은 전면적인 전쟁을 벌이는 일은 불가했다. 이는 그들이 로드로 섬기고 있는 황제 베네트 3세의 뜻이었다.

특히 서로를 향해 브레스를 날리는 것도 엄격히 금지되어 있었다. 브레스에는 드래곤이라 해도 소멸시켜 버릴 수 있는 무서운 위력이 있기 때문이었다.

그런데 자신의 보물을 빼앗겼다고 생각해 폭주한 루켈다

스가 뒷일은 생각 안 하고 다짜고짜 브레스를 쏟아 낸 것이다.

좌아아아아—!

무시무시한 파괴력을 지닌 것과는 달리 골드 드래곤의 브레스는 신비롭고 아름다웠다. 상공이 온통 금빛으로 물들었다.

그러나 그보다 더욱 놀라운 일이 있다면 저 거대한 금빛의 폭풍이 오후스의 방패 앞에서 흔적도 없이 소멸되어 버렸다는 것!

'저럴 수가!'

루켈다스는 믿기지 않는 장면에 입을 다물지 못했다. 아무리 거신병이라 한들 어찌 작은 방패로 하늘을 뒤덮을 듯 거대하고 강력한 위력을 가진 브레스를 소멸시킬 수 있단 말인가?

그때 수피겔이 득의만만한 표정으로 날아와 루켈다스의 머리통을 후려쳤다.

퍽!

"쿠억!"

루켈다스의 머리가 홱 돌아갔다. 브레스를 날린 이후 잠시 그의 몸이 주춤한 틈을 타 수피겔이 공격을 해 온 것이다.

"크으! 이놈이!"

이에 발끈한 루켈다스가 거대한 입을 쩍 벌려 수피겔을 집어삼키려 했지만, 순간 무슨 보이지 않는 벽에 가로막힌 듯 그의 입이 뒤로 튕겨져 나왔다.

동시에 수피겔이 후려친 주먹에 루켈다스는 다시 머리통을 얻어맞았다.

"쿠으윽! 이, 이게 어찌 된……."

"어리석은 놈! 아직도 모르겠느냐? 이 오후스의 방패가 있는 한 네놈의 그 어떤 공격도 내게 통하지 않는다."

"으으, 그럴 수가!"

루켈다스는 오후스의 방패가 가진 경이로운 방어력에 충격을 받았다. 브레스도 튕겨 내고 심지어 물리 공격마저도 차단해 버리는 사기적인 능력의 방패라니!

'으득! 과연 거신병이구나. 하지만 저 방패는 분명 내 것이 될 수 있었는데…….'

지금 그는 수피겔에게 얻어맞아 분한 것이 아니었다. 그보다는 바로 저 엄청난 위력의 방패를 놈에게 빼앗겼다는 사실에 미칠 지경이었다.

그런 그를 향해 수피겔이 싸늘한 조소를 흘리며 말했다.

"루켈다스! 이제 그만 꺼지겠느냐? 아니면 정말로 개망신이라도 당하겠느냐?"

"으! 빌어먹을…… 두고 보자!"

루켈다스는 황급히 뒤로 물러난 후 아트리아 숲으로 향했다. 수피겔에게 오후스의 방패가 있는 한 루켈다스가 그를 이기는 건 불가능했다. 따라서 이곳에서 서성이다간 정말로 개망신을 당할 수도 있었다.

더구나 루켈다스가 먼저 브레스까지 날린 마당이니 그것을 빌미로 수피겔이 어떤 끔찍한 보복을 가해 온다 해도 루켈다스로서는 할 말이 없는 상황이었다.

즉, 어찌 보면 이 정도에서 루켈다스를 보내 준 것은 수피겔의 배려라 할 수 있었다. 한편으로 남의 보물을 훔쳐 낸 것에 대해 조금은 미안한 감정을 갖고 있기 때문이리라.

그사이 다시 인간 청년의 모습으로 폴리모프한 루켈다스의 몰골은 말이 아니었다. 본신의 상태가 변신 상태에도 영향을 미치는지 탐스럽고 아름답던 그의 금발은 봉두난발이 되어 있었고, 양 볼에는 각각 시퍼렇게 멍이 들어 있었다.

물론 회복 마법을 펼치면 멍이야 금세 사라지겠지만, 루켈다스는 지금 그럴 만한 마음의 여유도 없었다.

'으으! 미치겠구나. 나의 이 분노를 어찌하면 좋단 말인가…….'

뭔가 억울했지만 어디 가서 하소연할 데도 없었다. 그러던 그가 문득 두 눈을 번뜩였다.

'그래, 이게 다 그놈 때문이다.'

베스터의 변동 좌표를 바꿔 버린 그 정체불명의 존재.

바로 그놈 때문에 잠자코 있던 루켈다스는 다른 드래곤들을 찾아가 시비를 걸었다. 그러다 프루아에게 된통 잡히고 말았다. 그녀에게 발목이 잡히지만 않았어도 수피겔에게 오후스의 방패를 빼앗길 일은 없었을 것이다.

그 생각을 하자 그는 더욱 그 정체 모를 존재에 대한 분노가 들끓어 올랐다. 수피겔에게 향했던 분노도 그에게로 향했다.

루켈다스는 자신에게 벌어진 이 모든 불행의 원흉이 바로 그놈이란 생각이 들었다.

'으득! 갈아 마셔도 시원찮을 놈! 숲을 샅샅이 뒤져서라도 네놈을 찾겠다.'

Chapter 9

흑룡구타술(黑龍毆打術)

아아, 차라리 가만있었으면 좋았으리라.

그냥 좀 화가 나도 조용히 레어 한구석에 처박혀 혼자서 삭혔으면 얼마나 좋았을까?

아니면, 차라리 애꿎은 권속들이나 노예들에게 화풀이를 하든가 말이다.

혹은 다시 미친 척하고, 수피겔이나 프루아를 찾아가 죽자 살자 싸워 보는 것이 차라리 나았을지도 모른다.

설령 또 프루아에게 붙잡혀 그녀의 자랑질하는 소리를 들어야 하거나, 수피겔의 우악스러운 주먹에 몇 대 얻어맞더라도, 차라리 그게 낫다는 것이다.

그런데 왜 하필 그 수많은 경우의 수 중에서 가장 최악의 것을 선택했던가?

루켈다스는 그저 후회가 막심했다.

그는 지금 벌어진 상황이 꿈이었으면 싶었다. 꿈이라면 깰 수 있을 테니까.

그만큼 그에게 다시 벌어진 가공스러운 불행은 지금까지 그가 상상했던 모든 범주를 넘어선 것이었다.

오후스의 방패를 수피겔에게 빼앗긴 것 따위와는 비교조차 할 수 없는 끔찍한 불행이 그를 기다리고 있었으니!

대략 반나절쯤 전.

그는 아트리아 숲을 샅샅이 뒤지다 수상한 곳을 발견했다.

그곳은 그가 자세히 살펴보지 않았다면 눈치챌 수 없을 만큼 교묘하게 가려진 동굴이었다. 누군가 결계를 펼쳐 공간을 왜곡해 놓았는데, 그것이 워낙 감쪽같아 탐지 마법을 통해서도 감지가 되지 않았었다.

'이것 봐라? 어떤 놈인지 모르지만 제법 결계를 다룰 줄 아는걸.'

동굴에 펼쳐진 결계의 형태는 드래곤인 그조차도 처음 보는 기괴한 것이었다. 단순히 마법을 통한 공간 왜곡이 아니라 주변의 지형지물을 특정한 형태로 배열해 일종의 결계진(結界陣)을 만들어 둔 것이었다.

그러나 그가 어찌 알 수 있겠는가.

그것은 샤크가 무림의 전설적인 진법 중의 하나인 구궁조화환영진(九宮造化幻影陣)을 결계진의 형태로 변형시킨 것임을 말이다.

'이것은 혹시?'

한편 결계진을 보는 순간 루켈다스는 번쩍 떠오르는 존재가 있었다.

그렇다. 폐허 근처에 기괴한 눈알 형태의 감시 마법을 펼쳐 두었던 놈!

루켈다스는 바로 그놈이 이 결계진을 펼친 놈이라는 확신이 들었다. 왠지 그 감시 마법과 이곳의 결계진이 너무 기괴하다 보니, 서로 다른 존재가 펼쳤다고 보기에는 그 연관성이 결코 적지 않았던 것이다.

'특이한 감시 마법도 그렇고, 이 기괴한 결계진도 그렇고, 모두 그놈의 짓이 분명하다. 그놈이 베스터의 변동 좌표도 바꿔 놓았겠지. 으득! 이런 곳에 숨어 있었다고 내가 못 찾을 줄 알았느냐?'

루켈다스는 결계진을 다시 슥 훑어봤다. 그의 기나긴 용생 동안 한 번도 본 적 없는 기이한 배열들이었다.

단순한 듯 보이면서도 무척이나 복잡해서 드래곤인 그조차도 한동안 골똘하게 연구하지 않으면 법칙을 이해하기 힘들 듯했다.

평소의 그였다면 당연히 이런 흥미진진한 연구를 그냥 지나치지 않았겠지만, 지금은 그렇게 새로운 형태의 결계진을 연구할 만큼 그의 마음이 여유롭지 않았다.

더구나 이 안에 그가 최근 겪은 모든 불행의 원흉이 있을 거라는 생각이 들자, 그는 화가 머리끝까지 치솟아 올랐고, 곧바로 결계진을 부숴 버렸다.

콰쾅! 콰르릉!

의외로 결계진은 쉽게 부서지지 않았다. 그것은 진법의 특성상 정상적인 경로로 진을 통과하지 않았을 경우, 해당 진법이 가지는 저항력이 작용하기 때문이었다.

그러나 그것은 보통의 인간들에게나 해당되는 일일 뿐, 드래곤에게는 그저 우습기만 할 뿐이었다.

콰콰쾅! 쿠콰콰쾅—

한 번으로 안 되면 두 번, 그래도 안 되면 세 번!

그의 손에서 금빛의 거대한 구체가 형성되어 연속으로 결계진을 가격하자, 결국 왜곡되어 있던 눈앞의 공간이 갈

기갈기 찢겨 흩어지더니, 그 안에 감춰졌던 본래의 공간이
드러났다.

그곳은 환한 동굴이었다.

동굴 안은 어두컴컴해야 정상이거늘 어찌 대낮처럼 환한
것일까? 그것은 환한 빛을 발산하는 조명체들이 동굴 곳곳
에 배치되어 있었기 때문이었다.

"앗……!"

"누, 누구냐?"

한편 그때까지 동굴 안에서 바깥세상과는 단절된 채 조
용히 수련에 몰두하고 있던 헤나 등은 갑자기 하늘이 무너
지는 듯한 소리와 함께 누군가 동굴 앞에 번쩍 나타나자 깜
짝 놀랐다.

그곳엔 웬 금발 머리의 청년 한 명이 서 있었다.

본래라면 매우 아름다운 금발이었을 텐데 무슨 일이 있
었는지 머리카락이 산발되어 지저분하게 흐트러져 있었고,
그의 양 볼은 시커멓게 멍이 져 있었다.

"크크크, 동굴 안에 침대와 의자, 식기까지. 그야말로 없
는 게 없구나. 아주 팔자들이 늘어지셨어."

청년의 두 눈은 광기로 번뜩였다. 헤나는 대검을 번쩍 들
고 그를 노려봤다.

"당신은 누구지?"

그러나 그녀는 곧 대검을 든 그대로 굳어져 버렸다. 위기를 직감하고 공격을 하려던 스켈레톤 워리어 칼둔도, 곧장 화살을 쏘려던 시엘도 모두 돌이라도 된 듯 굳어 버렸다.

당연히 리닌과 카치카들도 예외가 될 수 없었다.

모두의 몸이 돌처럼 굳어 버린 건 결계진이 무너진 후 헤나 등을 발견하자마자 펼친 루켈다스의 석화 마법 때문이었다.

'아아, 저자는 설마?'

헤나는 이곳 동굴이 특별한 결계에 의해 감춰진 상태라는 것을 짐작하고 있었기에, 결계를 부수고 나타난 저 청년이 어쩌면 드래곤이 아닐까 하는 생각이 들었다.

골드 드래곤 루켈다스!

그의 모습을 그녀가 실제로 본 적은 없었지만, 카치카 거트와 거구즈에게 들은 바로는 눈처럼 하얀 피부에 금발을 가진 청년의 모습이라 했다. 따라서 그는 분명 루켈다스였다.

다만 이상한 점이 있다면 왜 저리 꼴사나운 몰골을 하고 있는지였다.

마치 누군가에게 쥐어 터지기라도 한 것처럼 양 볼에 골고루 멍이 져 있으니, 그것만으로 보면 그가 절대 드래곤일리가 없다는 생각이 들었다.

'드래곤이 누군가에서 얻어맞고 다니진 않을 테고 대체 저자는 누구일까?'

헤나는 의문이 들었지만, 어차피 지금 상황에서 그녀가 희망을 가질 수 있는 건 없었다. 저 청년이 드래곤이건 아니건 석화 마법을 쓸 만큼 뛰어난 마법 실력을 지니고 있는 것은 틀림없었기 때문이다.

특히나 그는 절대 좋은 의도로 나타난 것이 아니었다. 저 질식할 것 같은 섬뜩한 살기를 뿜어내는 눈빛이 그것을 의미했다.

'아.'

헤나는 눈을 감고 싶었지만, 눈꺼풀까지 굳어 버려 감을 수도 없었다.

"크크크, 내가 누군지 물었느냐? 물론 그 정도야 가르쳐 주도록 하지. 적어도 너희들이 누구에게 죽었는지 정도는 알고 죽어라. 골드 드래곤 루켈다스! 그가 바로 나다."

그 말을 듣는 순간 헤나는 머리가 하얗게 비는 것 같았다. 혹시나 싶었지만, 역시 드래곤이었다는 말인가.

이 순간 더 이상 그녀는 왜 드래곤이 저리 꼴사나운 몰골을 하고 있는지에 대한 의문은 들지 않았다. 그저 이제 딱 죽었다는 생각만 들었을 뿐이다.

'아아, 리닌. 너만은 꼭 크리오스 왕국으로 데려다주고 싶었는데…….'

헤나는 자신보다 딸 리닌이 사악한 드래곤에 의해 죽게 되는 것이 더욱 가슴 아팠다.

그때 시엘 또한 저 산발 머리의 청년이 드래곤 루켈다스 라고 자신을 밝히는 순간 속으로 처연히 탄식했다.

'칫! 결국 이렇게 죽는 거냐……?'

그리고 카치카 거구즈와 거트는 이미 삶을 포기한 상태 였다. 그들은 루켈다스가 자신의 이름을 밝히기 전에 이미 그가 누구인지 알아봤던 것이다.

본래 칼드 제국 제13군단 소속의 하급 병사들이었던 그 들에게 있어서 가장 두려운 존재인 군단장이 나타났으니 그 들이 어찌 제정신이라 할 수 있겠는가.

'케엑! 우린 주, 죽었다.'

'크억! 마스터, 저 먼저 갑니다요.'

그런데 그들과 달리 리닌의 눈빛은 의외로 차분하고 담 담했다. 그것은 그녀가 익히고 있는 옥녀봉황심공 자체가 두려움을 물리쳐 주는 효력이 있기 때문이었다.

또한 마음을 차분하게 만들어 주는 효력도 있었다.

그러다 보니 리닌은 죽었다 생각하며 절망에 빠지기보다

그저 담담하게 루켈다스를 바라볼 뿐이었다.

사실 절망이니 희망이니 하는 걸 즉각 파악할 만큼 그녀의 정신이 성숙하지 않아서이기도 했지만, 그래도 보통의 어린아이라면 이 상황이 그저 무섭게만 느껴지는 것이 정상이었다. 그러나 리닌은 마치 이 상황이 자신과 아무 상관없기라도 한 것처럼 너무도 태연한 눈빛이었다.

루켈다스는 그런 리닌의 눈빛을 보고 뜻밖이라는 표정을 지었다. 지금껏 자신을 향해 저와 같은 담담한 눈빛을 보낸 인간은 한 번도 없었기 때문이다.

그래서 그는 리닌의 석화를 풀어 주며 물었다.

"인간 아이야, 너는 내가 두렵지 않으냐?"

그러자 리닌은 즉시 대답했다.

"무서워요. 당신은 아주 무서운 드래곤이잖아요."

"물론 그렇다. 그런데 왜 무서워하는 표정을 짓지 않는 거냐?"

"저는 무척 무서운걸요."

"글쎄, 내 눈에는 네가 날 전혀 안 무서워하는 것처럼 보이는구나."

"근데 당신은 왜 머리가 그렇게 산발이 되고 얼굴에 멍이 들어 있죠? 누구에게 맞았나요?"

"……."

순간 루켈다스는 어이없어하는 표정을 지었다. 리닌은 무섭다고 하면서도 그에게 궁금한 것을 물어보고 있었다. 정말로 무서워한다면 어찌 저와 같은 질문을 하겠는가 말이다.

그러나 그보다도 그는 이 순간 심히 쪽 팔렸다. 리닌의 말을 듣자마자 그는 황급히 미러 마법을 펼쳐 자신의 모습을 비춰 보았던 것이다.

봉두난발에 시커먼 멍 자국들…….

그 누가 봐도 그가 어디 가서 얻어맞고 왔다는 것을 추측하기란 어렵지 않았다. 꼴이 이러니 어린아이도 우습게 보는 것이 당연하리라.

'빌어먹을! 치료 마법이나 좀 펼치고 올 걸 이게 대체 무슨 꼴이냐?'

다른 무엇보다 외모에 신경을 많이 쓰는 그였다.

설령 전쟁에 나가서도 피 한 방울 옷에 안 튀도록 신경을 쓰던 그였다.

그런데 아무리 곧 죽일 인간들이라지만, 그들 앞에서 꼭 누군가에게 얻어맞고 온 것 같은 몰골을 보였으니, 이 얼마나 창피스럽지 않을 수 있겠는가.

그 어떤 상황에서도 골드 드래곤은 동경의 대상이 되어

야 한다.

설령 그의 손에 죽어 갈 녀석들이라 해도 자신이 매우 멋들어지고 아름다운 드래곤에게 죽었다는 것을 자랑스럽게 여겨야 한다는 뜻이다.

그런데 이 무슨 불쌍해 보이는 몰골이란 말이냐.

이는 치욕이라 할 수 있었다.

'으! 제기랄!'

곧바로 그는 그 자리에서 한 바퀴 빙글 돌았다.

그 순간 그의 멍은 온데간데없이 사라지고 산발되었던 머리카락은 가지런히 정돈되었다. 전신에서 은은한 황금빛의 후광이 비치는 그는 누가 봐도 신비롭고 아름다워 보였다.

"아!"

리닌이 놀랍다는 듯 탄성을 질렀다.

리닌뿐 아니라 헤나와 시엘, 카치카들의 눈빛도 바뀌었다. 루켈다스 자체가 마치 찬란한 보석이 빛나고 있는 것처럼 보였기 때문이다.

그러자 루켈다스는 비로소 회심의 미소를 지었다.

그래! 바로 저런 눈빛들이어야 한다!

그 누구이든 그를 향해서는 저런 감탄과 동경이 어우러진 눈빛을 지어야 정상인 것이다.

그는 이내 오연하면서도 도도한 표정으로 리닌을 향해 물었다.

"그보다 이제 네가 말해 보겠느냐? 저 바깥에 있던 결계진을 펼쳐 놓은 자가 누구냐?"

"샤크 아저씨를 말하는 거군요. 그분은 여기에 없어요."

"그런 것 같구나. 내가 볼 때 너희 중에 결계진을 펼칠 만한 존재는 없으니 말이야."

루켈다스는 이미 헤나 등에게는 죽었다 깨도 그와 같은 능력이 없다는 사실을 파악했다. 동굴 안에 다소 특이한 인형들과 제법 흥미를 자극하는 언데드 스켈레톤 하나가 보이긴 했지만, 그것들의 능력으로도 어림없었다. 따라서 리닌이 거짓말이 아닌 사실을 말한다는 것을 알았다.

"그러면 그 샤크란 자는 어디에 있느냐?"

"저야 모르죠."

"그래. 모른다면 어쩔 수 없지."

루켈다스는 차가운 미소를 지었다. 리닌이 물었다.

"이제 당신은 우릴 죽일 생각인가요?"

"물론이다."

루켈다스는 당연하다는 듯 고개를 끄덕였다

"그놈과 알고 있었다는 사실만으로도 너희들은 충분히

죽을 이유가 된다. 또한 설령 그 이유가 아니라 해도 너흰 죽을 수밖에 없다. 너희가 아트리아 숲에 있다는 것은 곧 탈주자임을 의미하니까."

"그렇군요."

리닌은 알았다는 듯 고개를 끄덕이고는 눈을 감았다. 죽을 수밖에 없는 상황이라면 그 죽음을 순순히 받아들이겠다는 듯 담담한 태도였다.

'대단한 녀석이로군.'

루켈다스는 리닌의 태도에 내심 감탄했다. 지금껏 그가 봤던 수많은 인간들 중에서 저런 태도를 가진 이는 처음이었다. 심지어 소드 마스터라 불리는 검사들도 저 아이처럼 죽음 앞에서 담대하지 못했다.

왠지 죽이긴 아까웠다.

그러나 그래 봤자 어차피 하찮은 인간일 뿐이다. 루켈다스는 그놈과 관련된 모든 것을 다 쓸어버릴 것이라 작정했기 때문에 리닌을 살려 둘 생각이 없었다.

인간들이라면 이런 상황에서 인질을 잡아두고 그들을 이용하려 하겠지만, 드래곤인 그가 그런 구질구질한 짓을 할 필요가 있겠는가.

'모조리 죽이고 그놈을 찾아 나서겠다.'

그렇게 그가 막 손을 쓰려고 하는 순간이었다.

"이봐! 네가 밖에 있던 결계진을 부쉈냐?"

어디선가 들리는 서늘한 음성. 루켈다스는 움찔 놀라 고개를 돌렸다. 그곳에는 웬 멋들어진 금빛 갑주를 입은 청년이 팔짱을 끼고 서 있었다.

'헉! 언제 이곳에?'

루켈다스는 몸을 떨었다. 누군가 그의 앞에 나타났다는 사실 하나만으로 이렇게 놀란 것은 또 처음이었다.

일단 저 청년이 이토록 가까이 다가왔는데도 드래곤인 그가 전혀 기척을 느끼지 못했다는 것이 놀라운 일이었고, 청년의 정체가 무엇인지 감이 오지 않았다는 것도 놀라운 일이었다.

인간처럼 보이지만 인간은 확실히 아니었고, 그렇다고 엘프나 드워프 같은 이종족도 아니었다.

그를 보는 순간 전신의 모든 털이 곤두서는 듯 섬뜩한 느낌이 드는 것을 보면 분명 어둠의 기운을 가진 존재였다.

그렇다고 언데드일 리는 없고, 또한 리치도 아니었다.

드래곤인 그가 두려운 느낌이 들 정도라면 어지간한 존재는 아닐 것이다.

그렇다면 마족?

지금껏 그가 만나 봤던 마족 중에 저와 같이 강력한 기세를 뿜어내는 이는 없었다.

설마 마왕?

마왕과 비교하자니 왠지 비슷한 것 같지만, 그렇다고 마왕이라 확신하기에는 뭔가 또 달랐다.

이렇게 그가 도무지 정체를 짐작할 수 없다는 것은 실로 경악할 만한 일이 아닐 수 없었다.

따라서 그 청년이 다짜고짜 결계진을 부쉈냐고 반말을 하는 것 정도는 그리 놀랄 만한 이유가 되지 못했다.

그러나 그 와중에도 루켈다스를 경악게 할 만한 또 다른 이유가 있었으니, 그것은 청년이 전신에 두르고 있는 신비한 갑주였다.

찬란한 햇빛처럼 번쩍이는 갑주!

저와 비슷한 유의 것을 루켈다스는 본 적이 있었다. 수피겔이 가지고 있는 거신 오후스의 방패였다.

그러나 놀랍게도 지금 청년이 입고 있는 갑주에서 느껴지는 중압감은 그것과는 비할 수 없이 강력했다.

골드 드래곤인 그는 다른 어떤 드래곤들보다 물건의 가치를 판별하는 데 있어서 뛰어난 능력을 가졌다.

따라서 그는 저 청년이 두른 갑주가 고대 거신병 중 하나

임과 동시에 오후스의 방패보다 최소한 한두 단계는 더 강력한 수준의 장비라는 것을 대번에 확신할 수 있었다.

본래라면 저런 물건을 보는 즉시 탐욕이 솟아올라야 정상이겠지만, 지금은 그저 머리가 텅 비는 기분이었다. 말 그대로 정신이 나간 것 같았다.

"너……너는 대체 누구냐?"

루켈다스는 두 눈을 부릅뜨며 물었다. 그러자 흑룡은 시큰둥한 표정으로 대꾸했다.

"그놈의 너는 대체 누구냐는 말 좀 그만하면 안 되겠느냐? 개나 소나 다 그 말을 하니 이젠 듣기도 지겹다. 쯧! 하긴 마왕들도 그런 말을 하곤 했으니 하찮은 드래곤 따위야 말할 필요도 없겠지."

지금 뭐라고 하는 건가. 하찮은 드래곤이라고? 개나 소가 뭐 어째? 루켈다스는 너무 기가 막혀 화조차 나지 않았다.

게다가 저 정체불명의 청년 말대로라면 마왕들도 적지 않게 그의 앞에서 당황한 적이 많았다는 얘기가 아닌가? 다시 말해 저 청년은 마왕조차도 개나 소 취급을 하고 있는 것이다.

그야말로 터무니없는 소리라 말하고 싶었지만, 루켈다스는 갑자기 그것이 사실일지도 모른다는 생각이 들고 말았다.

'저놈은 대체 누구인가……. 어떻게 이런 말도 안 되는 일이 벌어지고 있는 건가.'

그때 알 수 없는 음침하면서도 차가운 기운이 루켈다스를 내리눌렀다. 그로 인해 그는 꼼짝도 할 수가 없었다.

'믿을 수 없다. 내가 지금 혹시 악몽을 꾸는 건가…….'

마치 뱀 앞에 선 개구리처럼 몸이 경직된 채 움직이지 않는다는 사실에, 루켈다스는 자신이 악몽을 꾸며 가위에 눌리고 있는 것은 아닌가 하는 생각이 들었다.

물론 드래곤인 그가 악몽을 꾸다 가위에 눌린 적은 단 한 번도 없었다. 허약한 인간들이라면 모를까 드래곤인 그가 무슨 가위에 눌리겠는가.

그런데 불쾌하면서도 섬뜩하도록 공포스러운 이 순간의 느낌을 그는 그것 외에는 달리 표현할 방법이 없었다.

흑룡이 싸늘히 웃으며 말했다.

"기분이 어떠냐? 인간들을 상대로 너의 힘을 과시하다가 네가 그 꼴이 되어 보니 말이야."

"……."

루켈다스는 무슨 대답이라도 하고 싶었지만, 입조차 벌릴 수가 없었다. 알 수 없는 암흑의 기운이 그의 입까지 굳어지게 만든 것이다.

"나는 그저 네가 했던 그대로 한번 해 본 것이다. 네가 저 연약한 인간과 엘프, 카치카들을 상대로 석화 마법을 펼친 후 그들을 조롱했으니, 너도 한번 그 입장이 되어 당해 보라는 것이지."

"⋯⋯!"

루켈다스는 정말 죽을 것만 같았다. 지금껏 그의 용생에서 가장 두려웠던 상황이 있다면, 그건 지금 그가 로드로 섬기고 있는 칼드 제국의 황제인 베네트 3세를 만났을 때였다.

물론 명목만 베네트 3세일 뿐 그의 실체는 마왕이었다.

마왕 테네칸.

드래곤들이 마왕과 맞서는 경우도 많지만, 반대로 마왕의 수하가 되어 용생을 좀 더 편하게 살고자 하는 경우도 종종 있었는데, 그가 바로 후자에 속했다.

본디 고대부터 드래곤의 존재 목적은 인간이나 이종족들을 암중에서 보호해 주며 사악한 마왕이 나타났을 때 그들과 맞서 싸우는 데 있었다고는 하지만, 작금에 와서 그런 구태의연하고 고리타분한 사명을 지키는 드래곤은 거의 없었다.

루켈다스 역시 마찬가지였다.

그냥 나 혼자만 잘살면 되지, 귀찮게 인간들을 왜 보호해 준단 말인가. 특히나 공연히 나섰다가 오히려 마왕에게 된통 당하고 말 텐데, 그런 미친 짓을 왜 하겠느냐는 말이다.

그는 철저히 '나 혼자 잘살자!' 라는 이기적인 사고방식을 가진 드래곤이었다. 그리고 그런 식으로 무사태평하게 지금껏 아주 잘 살아왔다.

테네칸과 같은 강한 마왕이 나타났을 때 그에게 잘 보이고 여러모로 협조를 해 주면 세상 살기가 아주 편했던 것이다.

그리고 사실 따져 보면 테네칸을 처음 만났을 때도 이처럼 공포스럽지는 않았다. 테네칸은 마왕으로서의 강력한 위세를 보여 줌과 동시에, 드래곤이라는 존재에 걸맞게 루켈다스에게도 적당한 예우를 해 주었기 때문이다.

따라서 루켈다스는 즉각 충성을 맹세했는데, 그것을 좋게 본 테네칸은 루켈다스를 친동생처럼 여기겠다 말하며 흡족해했을 정도였다. 당연히 그때는 지금처럼 위압적인 분위기 속에서 공포에 떨지는 않았다.

'내……내게 원하는 것이 무엇이냐?'

말을 하고 싶어도 할 수가 없어 그는 눈빛으로 물었다. 그러자 흑룡이 그의 눈빛을 읽고는 말했다.

"너는 감히 내 형님의 재산을 파괴했다. 따라서 그에 대한 대가를 치러야 한다."

'형님의 재산?'

루켈다스는 웬 뜬금없는 소리냐는 듯 흑룡을 쳐다봤다. 그가 아무리 생각해 봐도 최근 들어 누군가의 재산을 강탈하거나 파괴한 적은 없었다. 오히려 도둑맞은 적은 있어도 말이다. 그리고 설령 그가 자신도 모르게 누군가의 재산을 파괴했다 할지라도 그래 봤자 하찮은 인간들이나 카치카 등의 소유였을 것이다.

그가 어찌 저런 엄청난 자가 형님으로 부르는 존재의 재산을 파괴했겠냐는 말이다. 무의식적으로라도 그런 일은 단연코 없었다.

'잠깐! 나는 억울해! 뭔가 오해가 있는 것 같은데 해명할 기회를 줘라!'

그는 눈빛으로 간절히 호소했지만, 흑룡은 코웃음을 치고는 다시 말했다.

"또한 만일 내가 적시에 나타나지 않았다면, 너는 필시 저들을 죽였을 것이다. 그것은 형님의 재산을 파괴한 것보다 더욱 괘씸한 일이지."

'말도 안 돼! 하찮은 인간들 따위를 죽이려 한다고 드래곤인 날 죽여? 그 무슨 미친 소리냐?'

루켈다스는 눈빛으로 절규했다. 말을 못하니 미칠 것 같았다.

그런데 그때 그의 몸을 굳게 만들었던 석화가 눈 녹듯 풀렸다. 동시에 흑룡이 번쩍 그의 지척으로 다가와 섰다.

"더 이상의 설명은 귀찮군. 어쨌든 넌 이제 네가 왜 맞아야 하는지 충분히 알았을 것이다."

입이 자유로워지자 막 억울함을 항변하려던 루켈다스가 움찔했다.

"뭐라? 맞다니……! 그러니까 지금 날 때리겠다는 건가?"

"물론이다."

이럴 수가! 드래곤을! 그것도 인간과 엘프, 카치카들이 보는 앞에서……?

정말이지 터무니없을 뿐만 아니라 말도 안 되는 일이었지만, 생각해 보니 저 무지막지한 자라면 충분히 그럴 수도 있는 일이었다. 루켈다스는 다급히 외쳤다.

"잠깐! 말로……커억!"

루켈다스의 복부에 흑룡의 주먹이 꽂혔다. 그로 인해 루켈다스는 마치 꾸벅 허리를 굽혀 인사를 하듯 몸이 반으로 접혔다.

그 순간 흑룡이 힐끗 리닌을 쳐다보더니 손가락을 튕겼다.

"피곤할 테니 자거라."

"으음……."

무형(無形)의 힘에 의해 수혈이 집힌 리닌은 그대로 쓰러져 잠이 들었다.

'흑룡구타술은 어린아이가 보기엔 좀 잔인한 면이 있지.'

헤나나 시엘, 카치카들은 굳이 재우지 않기로 했다. 다소 공포스럽긴 하겠지만 지켜보다 보면 유용한 박투술의 동작 한두 개는 배울 수도 있을 테니까.

사실 흑룡구타술은 백룡구타술을 흑룡이 변형시켜 새롭게 창안한 것이었다. 언데드 좀비의 포악한 성격답게 흑룡구타술은 백룡구타술보다 훨씬 더 살벌하고 잔인하다 할 수 있었다.

일단 창안의 목적부터가 달랐다.

백룡구타술이 일종의 선도나 계도에 목적을 둔 것인 데 반해, 흑룡구타술은 그런 거창한 목적 따윈 없었다.

그것은 오로지 구타 자체가 목적이었다.

아아, 이 끔찍하다 못해 사악하다고 할 수 있는 공포의 구타술이 루켈다스를 통해 처음으로 선을 보이는 것이었으니!

현재 흑룡은 허리를 굽히고 있는 루켈다스를 마치 끌어안 듯 하고 있었는데, 그의 힘은 가공하기 이를 데 없어 루켈다스가 기를 쓰고 일어나려 했지만, 꼼짝도 할 수가 없었다.

그런 그의 귓가로 음침하기 이를 데 없는 음성이 속삭이

듯 울려왔다.

"이제부터 네가 당할 것은 흑룡구타술이라는 것이다. 네가 최초로 당하는 것이니 영광으로 생각해라."

'흐, 흑룡구타술?'

우직!

생소한 이름에 의문을 가질 사이도 없이 그의 안면으로 흑룡의 무릎이 날아와 박혔다.

퍽! 퍼퍼퍽!

가히 광속으로 날아드는 강력한 무릎 연타에 루켈다스의 안면은 형체를 알 수 없을 정도로 변했다.

"쿠어어어……커억……커……쿠억……!"

끝없이 날아드는 공세! 신음 소리가 신음 소리에 묻혔다.

계속해서 흑룡은 루켈다스의 머리채를 움켜쥔 채로 그의 머리를 바닥에 패대기쳤다가 다시 일으키기를 백여 번 반복했다.

팍! 퍼억! 푸퍽……!

우드득! 와자자작─!

"쿠아아아아악!"

뼈가 부러지는 소리! 뭔가가 뜯기는 소리! 처참한 비명 소리! 그러나 흑룡은 멈추지 않았다.

"고작 이 정도에 엄살인가? 이제 시작일 뿐이다. 네놈들의 유희에 의해 그동안 덧없이 죽어 간 무력한 인생들의 한이 어떤 것인지 느껴 보아라."

"크아악! 카아아악!"

그렇지 않아도 흑룡은 루켈다스에게 벼르고 있었는데 제대로 걸린 것이다. 그로 인해 차마 눈 뜨고는 볼 수 없을 끔찍한 장면들이 연이어 펼쳐졌다.

털썩!

급기야 루켈다스는 잘 다져진 고깃덩이처럼 변해 바닥에 널브러졌다.

"흠, 치료를 좀 해야겠군."

흑룡의 손에서 번쩍 빛이 일어나는 순간 루켈다스의 몸이 본래대로 완벽하게 회복되었다.

잘 정돈된 황금빛 머리카락에 눈처럼 하얀 피부, 잘생긴 미청년의 모습. 은은한 후광까지 비치는 루켈다스는 누가 봐도 골드 드래곤이라 할 만큼 멋졌다.

아마 누군가 전후 과정을 딱 떼어 놓고 지금 이 장면만 보았다면 흑룡이 무슨 천사처럼 느껴질 수도 있으리라.

만신창이의 골드 드래곤을 깔끔하게 치료해 주었으니 말이다. 그러나 이후로도 다시 흑룡구타술은 계속되었다.

"그럼 또 시작해 볼까?"

치료의 목적은 다시 흑룡구타술을 펼치기 위함일 뿐이지 결코 루켈다스를 동정해서가 아니었다.

"자, 잠깐! 쿠악! 컥! 케엑—!"

쾅쾅쾅! 퍼퍼퍼퍽!

으지직! 팍팍! 우드드득!

"크아악! 제, 제발 쿠악! 사, 살려……케엑!"

처음엔 흑룡에게 루켈다스가 죽도록 맞는 장면을 통쾌하다는 듯 바라보던 헤나와 시엘은 차마 더 이상 볼 수 없었는지 눈을 감아 버렸고, 카치카들도 혀를 내두르며 고개를 돌릴 정도였다.

때리고 회복시키고, 다시 때리고 회복시키고의 무한 반복이었다. 말로만 듣던 지옥이 혹시 저렇지 않을까?

'크어! 저게 대체 사람이냐? 정말 끔찍하군.'

'으으! 마, 마왕도 저렇지는 않을 거야…….'

워낙 가공스러운 장면이 펼쳐지자 석화 마법이 풀린 상태였는데도 그들은 오들오들 떨면서 그 자리에 서 있었다.

하긴 동굴 안이다 보니 어디를 가고 싶어도 갈 수가 없었다. 밖으로 가고 싶어도 입구에서 루켈다스가 죽도록 맞고 있는데 차마 그 옆을 지나칠 용기가 있겠는가.

쾅! 콰앙!

한 방 한 방의 위력이 얼마나 엄청난지 땅이 쿵쿵 울렸다.

그야말로 루켈다스가 드래곤이 아니었다면 이미 회복 마법을 펼치기도 전에 머리가 박살 났을 것은 물론이요, 진즉에 세상을 하직했을 것이다.

흑룡 또한 그 사실을 알고 있기에 더욱 가혹하게 했다. 그가 아무리 우악스러운 좀비의 성격을 타고났다지만, 인간이나 이종족들을 상대로 지금과 같은 흑룡구타술을 펼치지는 않을 터였다.

드래곤이니까 드래곤에 걸맞은 대우(?)를 해 주는 것이다.

그렇게 대략 반나절이 지났지만, 그 시간은 지켜보는 사람들에게 마치 일 년처럼 길게 느껴졌다.

하물며 지켜보는 사람조차 그럴진대, 직접 얻어맞는 드래곤에게 있어서 그 시간이 얼마나 길게 느껴졌을까?

루켈다스는 마치 수십 년의 세월이 지난 것 같았다.

이러다 딱 죽겠다는 생각이 드는 순간.

흑룡이 기적처럼 동작을 멈췄다.

Chapter 10

해는 동쪽에서 뜨고
희망은 서쪽에서 뜬다

아트리아 숲의 지배자이며 칼드 제국 제13군단의 군단장인 골드 드래곤 루켈다스는 무릎을 꿇은 자세로 앉아 흑룡의 눈치를 봤다.

　물론 방심을 노린 기습이나 혹은 도주를 하기 위해 눈치를 보는 것이 아니었다. 그런 건 꿈조차 꾸지 않았다.

　그냥 주눅 든 상태에서 보는 눈치일 뿐이었다.

　'으으! 또 맞느니 차라리 죽는 게 나을 것 같다.'

　어떻게든 더 이상은 맞고 싶지 않았기에 최대한 흑룡이 원하는 걸 미리 알아차려야 했다.

　그에게 이미 드래곤으로서의 자존심 따윈 사라진 지 오

래였다.

"의자."

흑룡이 나직이 말하자 루켈다스는 말없이 번개처럼 동굴 안쪽으로 달려가서 의자를 가지고 와 흑룡의 앞에 놓았다.

스윽.

흑룡은 당연하다는 듯 그 의자에 다리를 꼬고 앉았다.

"칼드 제국에서 너의 위치는?"

"제13군단의 군단장입니다."

"황제의 정체는?"

"마왕 테네칸입니다."

루켈다스는 조금의 망설임도 없이 대답했다. 뒷일이 문제가 아니었다. 조금이라도 주저하거나 제대로 된 답변을 하지 않을 경우 그 끔찍한 흑룡구타술이 다시 시작될 것이란 사실을 알고 있기 때문이었다.

"마왕이라……. 역시 마왕이었군."

흑룡은 싸늘히 미소 지었다. 드래곤들을 수족으로 부릴 정도면 마왕일 가능성이 높다 생각했는데, 역시나 그의 예측을 벗어나지 않았다.

"아아! 그럴 수가!"

"황제가 마왕이었다니!"

그 순간 헤나와 시엘 등은 펄쩍 뛰며 놀랐다. 그들은 방금 전까지 루켈다스가 죽도록 맞으며 울부짖는 장면을 보느라 심장이 남아나지 않았다가, 지금 간신히 진정시키고 있었다.

그런데 루켈다스의 입에서 황제가 마왕이라는 말이 나오니 그야말로 기절초풍할 지경이었다.

물론 개중에는 황제가 마왕일지도 모른다는 풍문이 있긴 했지만, 설마 그럴 리는 없을 것이라고 모두들 생각했다.

아무리 칼드 제국의 황제가 폭군이라지만 그래도 그가 인간이나 혹은 드래곤 로드 정도라 생각했지, 정말로 마왕일 줄은 몰랐던 것이다.

마왕이 황제라니.

그렇다면 지금껏 인간들이 살아 있는 것 자체가 기적이었다. 진즉에 몰살당하고도 남았어야 했다.

헤나와 시엘 등은 마치 정신이 나간 듯 혼란스러운 표정을 지었다.

그와 달리 흑룡은 담담했다.

마왕이 별건가. 그 역시 한때 마왕이었고, 숱한 마왕을 환야의 먼지로 흩어 버리기도 했다.

그리고 암흑지신의 3단계에 이른 그에게 있어 마왕 정도는 그리 상대하기 어려운 수준이 아니었다.

암흑지신의 1단계가 소드 마스터 수준이라면, 2단계가 그랜드 마스터의 경지로 드래곤을 뛰어넘는 전투력을 보유하게 된다.

그리고 3단계는 그랜드 마스터도 초월한 경지로 웬만한 마왕과 싸워도 밀리지 않을 수준이었다.

4단계에 이르면 십여 명의 마왕과 싸워도 이길 수 있고, 5단계에 이르면 가히 전생의 환야에서 대마왕이라 불리던 플런더나 당시 절대용자였던 르티아 정도의 수준에 이를 수 있었다.

그 후로 6단계와 7단계가 존재하며, 그 7단계가 암흑지신의 마지막 단계이자 좀비 흑룡이 이를 수 있는 태생적 한계치였다.

현재 상태에서 4단계는 대략 3개월, 5단계는 그 후로 1년 이상이 걸린다고 봐야 했다. 그리고 6단계와 7단계는 각각 2년 정도씩 걸릴 것이다.

그런 식으로 따져 볼 때 앞으로 넉넉잡고 6년 정도가 지나면 흑룡은 암흑지신의 7단계에 이르러 가히 초월자에 근접한 정도의 능력을 가질 수 있었다.

물론 초월자에 근접하는 수준과 실제 초월자의 수준은 하늘과 땅처럼 벌어져 있기에, 그때라 해도 흑룡이 초월자를 만나게 된다면 절대 이길 수 없었다.

어쨌든 베네트 3세가 평범한 수준의 마왕이라면 흑룡이 충분히 이길 수 있다는 얘기였다.

만일 플런더 급의 강력한 마왕이라면 지금으로선 어림도 없겠지만 말이다.

'그 정도로 강력한 녀석이 이런 좁은 대륙에 웅크리고 있지는 않겠지.'

그래도 조심할 필요는 있을 테니 지금 상태에서 섣불리 황궁에 쳐들어가기보다는 상황을 살피며 암흑지신의 단계를 올려 두는 게 나을 것이다.

"일단 그놈에 대해 아는 대로 말해 봐라."

"황제 베네트 3세는 그의 본신이 아닌 분신이며, 저는 아직까지 그의 본신을 만난 적이 없습니다. 그렇다 해도 그의 분신은 저와 같은 드래곤 일곱이 힘을 합쳐도 이길 수 없을 만큼 강합니다."

"분신이라. 그렇다면 루트 오브 다크니스가 있는 마궁이 어딘가에 존재한다는 뜻이겠군."

"예, 그렇습니다만 마궁의 위치는 저 역시 알지 못합니다."

"흠."

흑룡 역시 마왕 시절 분신을 만들어 움직였던 적이 있기에 그에 대해 잘 알았다.

다만 환야에서는 마왕이 스스로의 실력에 웬만큼 자신이 있지 않는 한 섣불리 루트 오브 다크니스를 만들지 않았다.

루트 오브 다크니스를 생성시킨 후 마궁이 세워지면 그 즉시 용자들이 대거 몰려오기 때문이었다.

즉, 대마왕 플런더처럼 웬만한 용자들이 떼로 몰려와도 충분히 격퇴할 만한 자신감이 있지 않는 한 대부분의 마왕들은 마궁을 만들 생각은 꿈도 꾸지 못했다.

그렇다면 마왕 테네칸이 설마 플런더 급의 가공스러운 전투력을 지닌 대마왕이란 뜻일까?

'흠.'

이곳 세계는 환야가 아니니 섣불리 단정할 수는 없지만, 확실히 조심할 필요는 있을 듯했다.

"그건 그렇다 치고, 펠라드 대륙에 포탈을 만들어 카치카들을 이곳 대륙으로 끌고 온 이유에 대해서 말해 봐라. 테네칸이란 놈은 지금 무슨 음모를 꾸미고 있는 거냐?"

그러자 루켈다스는 흑룡이 설마 그에 대해 물을 줄은 몰랐는지 놀란 표정을 지었다. 그는 이내 가볍게 한숨을 내쉬며 말했다.

"사실 펠라드 대륙에서 이곳 르메스 대륙으로 연결되는

포탈은 누군가 임의로 생성시키는 것이 아니라 알 수 없는 힘에 의해 주기적으로 생겨납니다."

"주기적이라고?"

"예. 다만 그 주기가 일정하지 않고 불규칙한 편입니다. 보통 백 년에 한 번씩 나타나기도 하지만, 이번에는 무려 삼백 년 만에 생겨났습니다."

그것은 흑룡이 듣기에도 매우 뜻밖인 사실이었다. 주기적으로 다른 대륙과 연결되는 포탈이 생성되다니, 그게 사실이라면 대체 무슨 기현상이라는 말인가.

"내가 듣기로는 카치카들이 원래 유순했는데 그 포탈을 타고 이곳으로 오면서부터 성정이 변했다고 했다. 그 이유에 대해서는 알고 있느냐?"

그러자 루켈다스가 씁쓸히 웃으며 대답했다.

"그것은 각 포탈마다 테네칸 님의 권속 마족들이 배치된 상태에서 특별한 저주를 걸기 때문입니다."

역시나 그랬던가. 인간과 흡사한 문명과 문화를 가진 카치카들이 급격히 난폭해지고 사악해진 이유가 마족들의 저주 때문이었음이 드디어 밝혀진 것이다.

"저주를 건 이유는 뭐지?"

"카치카들이 가진 몬스터로서의 본능을 자극해 그들을

통제하기 위함입니다. 그리고 가장 큰 목적이라면 그들을 크리오스 왕국으로 가지 못하게 만드는 것입니다."

이건 또 무슨 말인가?

마족들이 인간이나 몬스터들에게 저주를 거는 것 자체는 그리 특별한 일이 아니다. 그런 사악한 저주를 거는 일은 마족들의 일상이자 유희라 할 수 있으니까.

그런데 이 저주의 목적은 매우 특이했다.

카치카들을 크리오스 왕국으로 가지 못하게 하기 위함이라니!

"이곳엔 카치카들뿐 아니라 고블린을 비롯한 다른 몬스터들도 강제 이동되어 온 것으로 안다. 그들 또한 같은 저주를 당한 것이겠군."

루켈다스는 고개를 끄덕였다.

"그렇습니다. 카치카들뿐만 아니라 고블린, 오크, 오우거, 코볼트, 리자드맨, 트롤과 사이클로프스 등 도합 8개의 대륙에서 8개 종족이 주기적으로 르메스 대륙으로 넘어오게 됩니다. 마왕 테네칸은 그들이 크리오스 왕국으로 가지 못하게 막기 위해 그들을 통제하고 있습니다."

"그들이 크리오스 왕국으로 가면 안 되는 이유라도 있나? 왜 막는 거지?"

"그건 저도 모릅니다."

"모른다?"

흑룡이 어이없어하는 눈빛으로 루켈다스를 노려봤다. 다른 이도 아닌 드래곤이며 마왕 테네칸의 수족과 같은 존재인 루켈다스가 그 일에 대해 모른다는 것이 말이 되는가.

흑룡의 눈빛이 사나워지자 루켈다스가 움찔하더니 다급히 다시 말했다.

"정말로 모릅니다. 솔직히 말씀드리면 그에 대한 기억은 지워졌습니다."

"기억이 지워져?"

"예. 그러니까 마왕 테네칸을 만나기 전까지는 알고 있었던 것 같지만, 그를 로드로 받든 이후부터는 그에 대한 기억이 사라졌습니다."

"그렇다면 마왕이 네 기억을 지운 것이군."

"아마도 그렇겠지요."

루켈다스의 말에 흑룡은 인상을 찌푸렸다. 대체 드래곤의 기억조차 지워 버릴 정도로 감춰야 할 비밀이 무엇이란 말인가.

믿기지 않는 사실이었지만 루켈다스의 말이 거짓이 아니라는 것을 흑룡은 알았다.

물론 '드래곤들은 절대 거짓말을 하지 않는다.'라는 허황된 풍문을 믿기 때문이 아니라, 흑룡구타술을 당하고 나면 마왕일지라도 사실만을 말하게 되기 때문이었다.

만일 흑룡에게 그렇게 당하고도 이 순간 잔꾀를 부려 거짓말을 한다면, 루켈다스야말로 진정 대단한 드래곤이라 할 수 있으리라.

"그렇다면 네가 생각할 때 그 이유가 뭐라고 생각하느냐? 너의 기억이 지워졌다고 드래곤으로서의 지능까지 사라진 건 아닐 테고, 분명 그에 대해 의구심 정도는 가지고 있겠지?"

"물론입니다. 크리오스 왕국과 관련해서는 여러 가지 이상한 점이 많이 존재하기 때문입니다."

"이상한 점?"

"예. 일단 베네트 3세 즉, 마왕 테네칸이 명한 바로는 그 어떤 일이 있어도 절대 크리오스 왕국의 경계라 불리는 그 정체불명의 안개 지대로 진입하지 말라는 것입니다. 혹시라도 탈주자들이 운 좋게 그 안개 지대로 들어가면 뒤쫓지도 말아야 합니다. 그건 드래곤들에게도 해당되는 절대명령입니다. 어길 경우 죽인다고 했습니다."

"그 이유는?"

"모릅니다. 하지만 추정해 본다면 아마도 크리오스 왕국으로 들어갔을 경우에 뭔가 좋지 않은 일이 벌어지기 때문이 아니겠습니까?"

그 좋지 않은 일이 무엇일까? 흑룡은 잠시 생각에 잠겼다. 그는 아루드 성의 요리사 샤크가 봤던 크리오스 왕국의 국경 지대를 떠올리고 있었다.

'차원력의 기운이 느껴져 심상치 않다 했더니, 크리오스 왕국은 역시 평범한 곳이 아니로군.'

그는 루켈다스를 노려보며 다시 물었다.

"크리오스 왕국에 대해 네가 아는 바를 모두 말해 봐라."

"그 역시 이전에는 알고 있었던 것 같지만, 기억에서 지워졌습니다."

"그러니까 아무것도 모른다는 것이냐?"

"예. 그곳은 미지의 장소이며 절대 금역의 장소로만 알고 있습니다."

"성기사단이 있다는 소문은 뭐냐?"

"낭설입니다. 그것뿐만 아니라 르메스 대륙에 떠돌고 있는 크리오스 왕국에 대한 모든 얘기는 인간들이 막연한 희망을 품고 만들어 낸 얘기일 뿐이지요. 제가 볼 때 그곳 안개 지대는 늪처럼 한 번 들어가면 두 번 다시 나올 수 없는 곳이 아닌가 싶습니다."

"어쨌든 위험한 장소라 이거군."

"예. 그간 수없이 그곳을 쳐다봤지만 뭔가 꺼림칙하며 두려운 느낌이 들지 않을 때가 없었습니다."

드래곤인 루켈다스가 두려움을 느끼는 이유는 설마 그가 안개 지대에 미세하게 서려 있는 차원력의 기운을 감지해서인 것일까?

그건 아닐 것이다. 차원력의 기운을 감지하는 건 초월자에 근접한 존재가 아니고서는 불가능하기 때문이다.

그는 그저 본능적으로 크리오스 왕국에 대해 뭔가 두려움을 느끼고 있는 것이 분명했다.

한편 드래곤 루켈다스로부터 크리오스 왕국에 대한 진실을 듣게 되자 헤나는 충격에 빠졌다. 그간 그녀는 크리오스 왕국에 가면 모든 것이 해결될 수 있을 것이라 생각했는데, 실상 그곳에 대한 모든 것이 헛소문이었다니.

흑룡의 시선이 헤나를 향했다.

"헤나! 이 드래곤의 말대로라면 크리오스 왕국은 실체가 밝혀지지 않은 미지의 장소다. 그래도 크리오스 왕국으로 가길 원하는가?"

헤나는 흑룡이 자신의 이름을 알고 있자 깜짝 놀란 표정을 지었다.

"그보다 당신은 누구인가요? 어떻게 나의 이름을?"

그 말에 흑룡은 씩 웃었다.

"그러고 보니 아직 나의 소개를 하지 않았군. 내 이름은 흑룡이라고 한다."

"흑룡……?"

"굳이 풀이하자면 다크 드래곤이라는 뜻이다."

"드래곤? 그럼 당신도 드래곤인가요?"

헤나는 두 눈을 휘둥그레 떴다. 순간 루켈다스 역시 뜻밖이라는 듯 흑룡을 쳐다봤다.

그러자 흑룡은 상당히 기분 나쁘다는 듯 인상을 찌푸리며 말했다.

"나를 어찌 하찮은 드래곤이라 말하는 것이냐? 내 이름이 흑룡인 데는 별 뜻 없다. 나는 쓸데없이 거창한 이름이 싫어서 일부러 하찮은 존재의 이름을 사용하는 것일 뿐이다."

'하, 하찮은 존재?'

'드래곤이 하찮은 존재라고?'

헤나와 시엘은 기막혀하는 표정을 지었고, 루켈다스의 인상은 처참히 구겨졌다. 아무리 그래도 드래곤을 인간들 앞에서 하찮은 존재라고 말하는 건 좀 그렇지 않은가.

그러나 루켈다스는 이내 표정을 관리했다. 흑룡 앞에서

감히 기분 나쁘다는 내색을 할 수가 없었기 때문이었다.

'제길! 또 맞을 수는 없어!'

아아, 어쩌다 르메스 대륙의 사대광룡(四大狂龍) 중 하나이며, 인간이나 몬스터들에게는 가히 신과 같은 존재였던 골드 드래곤 루켈다스가 이렇게 소심한 면을 보인다는 말인가.

그 스스로도 왠지 자신이 한심하게 느껴질 정도였지만, 그래도 어쩔 수 없다 생각했다.

'크흑! 누구든 한 번이라도 흑룡구타술에 당해 보면 내 심정을 이해할 것이다.'

지금 루켈다스의 소원이 하나 있다면 흑룡이 보이지 않는 어디 외진 곳으로 도망가 조용히 숨어 사는 것이었다.

심지어 그의 로드인 마왕 테네칸이 흑룡에게 복수를 해주었으면 하는 생각조차도 들지 않았다. 그만큼 지금 그에게 있어 세상에서 가장 두려운 존재는 흑룡이었다.

그때 헤나가 조심스레 물었다.

"그런데 왜 당신이 내게 크리오스 왕국으로 갈 거냐고 묻는 것이죠?"

"너희들을 크리오스 왕국으로 데려다주라는 샤크 형님의 부탁을 받았기 때문이다."

"샤크 형님? 그렇다면 당신은 그의 동생인가요?"

"그런 건 알 필요 없다."

흑룡은 당연히 샤크의 동생이 아니다. 그냥 달리 그를 부를 만한 호칭이 없어서 샤크를 형님이라 불렀을 뿐이다.

그렇다고 사실은 샤크가 그의 진정한 본신이며, 그가 샤크의 또 다른 자아라고 설명해 줄 수는 없는 일이었다.

흑룡은 헤나를 담담히 바라보며 말했다.

"중요한.건 헤나 너의 뜻이다. 네가 여전히 크리오스 왕국으로 가기를 원한다면 그곳으로 널 데려다주도록 하지. 리닌과 함께 말이야. 물론 시엘과 거트, 거구즈 등도 마찬가지다."

그러자 헤나는 갈등하는 표정을 지었다. 드래곤보다 강한 존재인 흑룡이 데려다준다니 이제 크리오스 왕국으로 가는 건 어렵지 않을 것이다.

그러나 문제는 과연 그곳으로 가도 되는가였다.

그동안 헤나가 크리오스 왕국으로 가려던 이유가 무엇이었던가.

그곳만이 유일하게 칼드 제국의 폭정이 미치지 않는 곳이라는 이유에서였다. 강력한 성기사단이 존재하며 매우 살기 좋은 곳이라는 이유도 있었다.

그야말로 크리오스 왕국은 어둠 속의 빛과 같았다.

그런데 그녀가 품었던 그곳에 대한 희망이 모두 꾸며 낸 얘기일 뿐이라니 어찌 혼란스럽지 않겠는가.

그렇다면 가지 말아야 할까? 그것 또한 있을 수 없는 일이었다. 칼드 제국의 황제가 마왕이라는 사실을 알게 되었기 때문이다.

'이제 어쩌면 좋을지 모르겠구나.'

그렇게 그녀가 고심하고 있는 모습을 흑룡은 말없이 쳐다보고만 있을 뿐이었다. 헤나가 흑룡에게 물었다.

"당신은 내가 어떻게 했으면 좋겠나요?"

"내게 묻지 마라. 그건 네가 결정할 일이다."

흑룡은 특유의 무뚝뚝한 표정으로 대답했다. 샤크였다면 좀 더 부드럽게 말하며 적당히 조언도 해 줬겠지만, 흑룡은 그저 최소한의 의무만 다하겠다는 태도였다.

솔직히 그로서는 최대한 빨리 헤나 등을 크리오스 왕국에 데려다주고 임무를 완성하고 싶었다. 그래야 다른 일을 할 수 있기 때문이다.

리닌을 장차 용자로 만들겠다는 것도 그렇다.

그것은 샤크의 계획이지, 흑룡의 계획은 아니었다. 흑룡은 리닌이 용자가 되든 말든 크게 관심이 없었다. 굳이 리닌이 아니더라도 용자로 만들 존재는 많다고 생각했기 때문이다.

다만 샤크가 혹시라도 그에게 리닌을 계속 보호하라고 명령한다면 어쩔 수 없이 따라야 하겠지만 말이다.

그렇게 흑룡이 귀찮아하는 표정을 지으며 퉁명스레 대꾸하자 헤나는 흠칫 놀라 그로부터 시선을 돌렸다. 그사이 리닌은 흑룡이 수혈을 풀어 깨어난 터였다.

"시엘! 리닌! 너희들은 어떻게 생각해? 거구즈, 거트! 너희들의 생각도 말해 봐."

결국 헤나는 혼자 고민해서는 안 되겠다는 판단에 일행에게 의견을 물었다. 그런데 그때 시엘이 두 눈을 빛내며 말했다.

"엘프들에게는 고대로부터 내려오는 예언이 하나 있어요."

"어떤 예언인데?"

"대륙이 어둠으로 뒤덮이면 서쪽으로 가라. 모든 것을 잃겠지만 새로운 것을 얻게 될 것이다. 그때 어둠은 결코 서쪽을 침범하지 못하리라."

"어둠? 서쪽?"

시엘은 고개를 끄덕였다.

"대륙의 어둠은 곧 마왕이 나타난 것을 의미하겠죠. 그리고 서쪽은 크리오스 왕국을 뜻해요. 고대의 예언대로라면 마왕은 결코 크리오스 왕국을 침범하지 못할 테니까요. 물론 확실한 건 아니에요. 어디까지나 저의 생각일 뿐이라서."

시엘은 고민이 된다는 듯 머리를 긁적였다. 그러자 옆에서 듣고 있던 거구즈가 뾰족한 턱을 어루만지며 말했다.

"그러고 보니 그런 비슷한 전설이 우리 카치카들에게도 있다. 어둠이 짙어지면 서쪽으로 가라!"

그 말에 거트가 히죽 웃었다.

"케켓! 그러고 보니 그 말은 나도 들어 봤다. 하지만 그 말을 어떻게 믿어? 무작정 크리오스 왕국에 들어갔는데 그곳이 이곳보다 더 험악한 곳인지 어찌 안단 말이냐?"

"케케! 그건 그렇지."

그런데 그들의 말을 듣는 순간 헤나 역시 번뜩 떠오르는 말이 있었다.

'해는 동쪽에서 뜨고, 희망은 서쪽에서 뜬다.'

그것은 지금은 멸망하고 존재하지 않는 그녀의 고국 파리안 왕국에서 고대로부터 내려오는 말로, 언젠가부터 일종의 속담처럼 사용되곤 했다.

하지만 그 말은 전혀 예상치 못한 곳에 기회가 있을 수도 있다는 의미이지, 꼭 서쪽으로 가라는 의미는 아니었다.

그런데도 왠지 헤나는 그 말이 카치카들의 전설이나 엘

프들의 고대 예언들과도 뭔가 연관이 있는 것 같다는 생각
이 들었다.

그녀는 마지막으로 딸 리닌에게 물어보았다.

"넌 어떻게 생각하니, 리닌?"

"서쪽으로 가요."

리닌은 고민할 것도 없다는 듯 대답했다. 모두들 고민하
며 쉽사리 결론을 내리지 못했지만, 리닌은 딱 부러지게 결
론을 말했다.

어떻게 보면 아이라서 가능한 발상이긴 했지만, 그런 단
순한 결론이 때로는 의외로 설득력 있기도 했다. 시엘이 끄
덕였다.

"리닌의 말이 맞아요. 서쪽으로 가보죠."

"케케! 맞아. 일단 갔다가 아니면 돌아오면 되는 거 아니
겠어?"

"크큭! 서쪽으로 가자고!"

모두의 의견이 모아졌다. 헤나는 씩 웃었다.

"좋아. 크리오스 왕국으로 가는 거야."

그녀는 그렇게 결정하고 흑룡을 쳐다보며 다시 말했다.

"크리오스 왕국으로 가겠어요."

"좋아. 그럼 나는 너희가 그곳으로 무사히 가도록 도와

주겠다.”

흑룡은 그 말과 함께 힐끗 루켈다스를 노려봤다. 그러자 루켈다스가 움찔했다.

“제……제게 무엇을 원하십니까?”

“글쎄, 널 어찌할까 고민 중이야. 내가 알기로 본래 드래곤이라는 존재는 마왕 따위에게 충성을 바쳐 인간들이나 괴롭히라고 생겨난 것이 아니다.”

“그, 그건 그렇다고 들었긴 합니다만…….”

루켈다스는 흑룡의 눈빛이 험악해지자 불안하기 이를 데 없었다. 아니나 다를까, 흑룡은 금세라도 다시 흑룡구타술을 펼칠 태세였다.

“들었긴 합니다만……? 그러니까 알고는 있었다는 것이군.”

“예…….”

“그런데 왜 마왕에게 충성을 맹세했느냐? 마왕이 나타났으면 너는 응당 다른 드래곤들과 힘을 합쳐 대항했어야 옳았다. 설령 힘에 부쳐 죽는다 할지라도 말이야.”

흑룡의 두 눈에서 싸늘한 한기가 폭사되어 나왔다. 루켈다스는 몸을 떨었다.

‘그게 말이 쉽지 사실 그대로 실천하는 것은 어렵습니

다. 공연히 객기를 부리며 험악한 마왕에게 대항했다가 갈 가리 찢겨 죽은 드래곤들이 한둘인 줄 아십니까?' 라고 말 하고 싶었지만, 그는 참았다. 왠지 그 말을 했다간 다시 흑 룡구타술이 펼쳐질 것만 같은 불길한 예감 때문이었다.

'변명보다는 차라리…….'

루켈다스는 이 순간 자신이 살길은 하나뿐이란 생각이 들었다. 그는 곧바로 납작 엎드리며 외쳤다.

"크흑! 죽을죄를 지었습니다. 진심으로 그 일을 반성하 고 있습니다."

결론적으로 루켈다스의 판단은 옳았다.

Chapter 11

아이스 드래곤 프루아

흑룡은 변명을 무척 싫어한다. 어쩔 수 없다는 식의 변명은 자신이 잘못했다는 것을 전혀 인정하는 것이 아니기 때문이다.

따라서 그는 작정하고 다시 한 번 흑룡구타술을 펼치기 위해 주먹을 꽉 말아 쥐었었는데, 루켈다스가 죽을죄를 지었다며 잘못을 인정하자 조금은 누그러진 표정을 지었다.

"그렇다면 이제라도 마왕과 대적해 싸우겠다는 뜻이냐?"

"예! 흑룡 님을 따라 마왕과 맞서겠습니다."

루켈다스는 힘차게 대답했다. 그는 흑룡이 마왕과 적대하는 관계에 있다는 것을 짐작했기에 그렇게 말한 것이었다.

결과적으로 그 말은 흑룡을 흡족하게 했다. 흑룡은 고개를 끄덕였다.

"좋아. 너는 앞으로 나를 마스터라고 불러라."

"예, 마스터."

루켈다스는 주저하지 않고 대답했다. 마왕에게 로드라 불렸는데, 마왕보다 강해 보이는 흑룡을 향해 마스터라 부르는 것이 무슨 주저할 거리가 되겠는가.

다만 이렇게 된 이상 흑룡을 따라 크리오스 왕국으로 가야 할지도 모른다는 생각이 그를 불안하게 만들었다.

아니나 다를까, 흑룡은 마치 당연하다는 듯한 표정으로 말했다.

"그럼 이제 크리오스 왕국으로 이동하겠다. 귀찮은 일이 벌어지지 않도록 알아서 길을 열어라."

흑룡은 가능한 빨리 크리오스 왕국으로 헤나 일행을 데려다주고 올 생각이었다. 다른 드래곤들이나 마왕 테네칸을 손보는 일은 그 이후의 일이었다.

물론 테네칸이 정말로 플런더 급의 마왕이라면 한동안 어딘가에 처박혀서 암흑지신의 단계를 올리는 데 치중해야겠지만 말이다.

"예, 마법진을 만들겠습니다."

루켈다스는 결코 크리오스 왕국에 들어가고 싶지 않았지만, 상황이 이렇게 된 이상 어쩔 수 없었다.

그곳이 아무리 험악한 곳이라 할지라도, 그 안에서 무슨 경천동지할 일이 벌어진다 할지라도, 흑룡구타술을 당하는 것보다는 훨씬 나을 테니까.

'크흑! 더 이상은 맞고 싶지 않다.'

루켈다스는 처절한 심정으로 마법진을 그리기 시작했다. 그곳은 크리오스 왕국의 국경 지대 인근에 있는 좌표 중에서 병력이 따로 배치되어 있지 않은 험지였다.

각종 독충이 우글거릴 뿐만 아니라 험한 낭떠러지들이 즐비한 곳으로, 평범한 인간들은 절대 그곳을 통과해 크리오스 왕국으로 들어갈 수 없었다.

그렇기에 병력이 따로 배치되어 있지 않은 것이다.

'그곳이라면 쓸데없는 충돌을 피할 수 있겠지.'

그는 흑룡의 말을 충실히 따르기 위해 그 근처의 한 지점을 공간 이동 좌표로 선택했다.

그런데 그렇게 그가 막 마법진을 그리고 있을 때였다.

그 앞의 공간이 돌연 짙푸른 빛으로 물들더니 그곳에서 불쑥 뭔가가 튀어나왔다.

신비한 푸른빛의 머리카락을 가진 아름다운 여인이었다.

그녀의 피부는 눈처럼 하얗고 두 눈은 얼음처럼 차가웠다.

오른손에는 흑색 검신의 장검을 손에 쥐고 있었는데, 그로부터 가공스러운 기운이 피어 나왔다.

다름 아닌 아이스 드래곤 프루아!

"오호호호홋! 루켈다스! 네가 감히 도주했겠다."

바로 그녀가 루켈다스를 쫓아 고대 거신병인 마검 라도스를 번쩍 쳐들고 아트리아 숲까지 찾아온 것이다.

물론 그녀가 이곳에 온 것은 허락 없이 도주한 루켈다스를 응징하고자 왔다기보다는, 계속해서 자랑질을 통해 그의 염장을 지르기 위함이라 할 수 있었다.

루켈다스는 힐끗 그녀를 쳐다보고는 속으로 실소를 지었다.

'쯧, 기막힌 타이밍이로군.'

그녀는 아마 루켈다스를 찾아 아트리아 숲을 헤맨 지 좀 됐을 것이다. 그러다 이제 막 루켈다스를 찾는 데 성공했고, 이 앞에 나타난 것이다.

그녀가 만일 조금 일찍 루켈다스를 발견했다면, 동굴 입구에서 벌어지고 있던 끔찍한 참상을 목격했을 것이고, 그에 놀라 도주했을 것이다.

아니면 차라리 좀 더 늦게 왔어야 했다. 루켈다스가 흑룡과 함께 크리오스 왕국 인근으로 공간 이동을 한 이후에 왔더라면, 적어도 흑룡과 마주칠 일은 없었을 테니까.

'흐흐. 하긴 나 혼자 이 꼴이 된 게 좀 억울하긴 했지. 기왕이면 수피겔 녀석이나 안젤루스 녀석도 찾아오면 좋을 텐데 말이야.'

그렇다. 루켈다스는 지금 상황에 터져 나오는 웃음을 간신히 참고 있었다. 이제 안 봐도 무슨 꼴이 벌어질지는 뻔했기 때문이었다.

'프루아! 너의 불행은 그 자랑질에서 비롯된 것이라 할 수 있다. 그깟 마검 라도스 좀 얻은 게 뭐 그리 대단하다고…….'

물론 지금도 루켈다스는 그녀가 손에 쥐고 있는 마검 라도스가 탐나긴 했다. 생각해 보면 그에게 닥친 지금의 불행은 다 저 마검 라도스 때문이기도 했다.

프루아가 그토록 그의 염장을 지르지만 않았더라면, 루켈다스가 미친 듯이 아트리아 숲을 뒤질 일도 없었을 것이다.

그럼 아마도 이곳 결계진을 발견하지 못했을 가능성이 높았다. 그랬다면 당연히 흑룡과 마주칠 일도 없었고, 흑룡구타술이라는 경천동지할 만한 수법에 당할 리도 없었으리라.

'프루아! 너도 이 무지막지한 자의 노예가 되어 크리오

스 왕국으로 가는 거다. 물론 그 전에 흑룡구타술이 뭔지 알게 되겠지.'

흑룡이 드래곤들을 얼마나 못마땅하게 생각하는지 루켈다스는 잘 알고 있었다. 그러나 혼자만 죽을 수 없다는 생각에 프루아에게 위험 신호를 보내지 않았다.

물론 지금 그런 신호를 보낸다 해서 그녀가 흑룡의 손아귀에서 벗어난다는 보장도 없긴 했다.

한편 프루아는 그녀에게 닥칠 불행을 짐작도 못 한 채 루켈다스를 향해 터벅터벅 걸어왔다.

그러던 그녀는 힐끗 고개를 돌려 흑룡을 쳐다봤다. 번쩍이는 금빛 갑주를 입고 루켈다스가 마법진을 그리는 모습을 오연히 바라보고 있는 흑룡은 누가 봐도 멋져 보였다.

특히 후드처럼 뒤로 넘긴 금빛 투구가 마치 금발처럼 아름답게 변해 바람에 출렁이고 있는 모습은 드래곤인 그녀가 보기에도 경탄스럽지 않을 수 없었다.

그러나 갑주의 멋들어진 외양보다 그것으로부터 피어나는 가공스러운 기세에 프루아는 가슴이 쿵쿵 뛰었다.

'저 기운은? 설마?'

놀랍게도 그녀가 들고 있는 마검 라도스보다 비할 수 없이 강력한 기세였다. 그녀는 본능적으로 그것이 고대 거신병 중 하나일 것이라 확신했다.

그녀는 보물에 대한 자랑질을 좋아하는 만큼 그에 대한 탐욕도 그 어떤 드래곤 못지않았다. 따라서 그녀의 시선은 당연하게도 흑룡이 입고 있는 갑주에 고정되어 반짝이기 시작했다.

"흠, 너는 누구지? 루켈다스의 가디언인가?"

프루아는 흑룡을 쏘아보며 물었다. 순간 바닥에서 마법진을 그리고 있던 루켈다스가 픽 웃었다.

'하여간 눈치 없이 둔한 건 알아줘야 한다니까.'

척 보면 분위기가 심상치 않다는 걸 모른다는 말인가.

루켈다스가 주눅이 든 자세로 마법진을 그리고 있으며, 그 앞에 흑룡이 오연한 자세로 앉아 있는 걸 봤다면, 어떤 식으로든 분위기가 심상치 않다는 것을 눈치챘어야 정상인 것이다.

아니나 다를까, 흑룡이 힐끗 고개를 돌려 프루아를 쳐다 보더니 입을 열었다.

"그러고 보니 네가 바로 그 네 마리 미친 드래곤 중의 하나인 아이스 드래곤 프루아로군. 너도 마왕에게 충성을 맹세했다지?"

"무엇이!"

순간 프루아는 귀를 의심했다. 일단 흑룡이 그녀에게 반말을 한 것부터 충격이긴 했다. 또한 마왕에게 충성이 어쩌고 하는 말도 깜짝 놀랄 만한 일이긴 했다.

그러나 그 어떤 말들보다 더 그녀를 분노케 한 것은 '마리'라는 말이었다.

보통 숫자를 셀 때 인간들에게는 '명'이라는 단위를 사용하고, 짐승이나 몬스터들을 셀 때는 '마리'를 사용하곤 한다.

그런데 감히 드래곤을 상대로 마리라니!

그야말로 드래곤을 한낱 짐승이나 몬스터 취급하는 말이었다.

"너 지금 뭐라고 했느냐?"

프루아의 두 눈에서 섬뜩한 광망이 뿜어져 나왔다. 동시에 그녀를 중심으로 극한의 냉기가 뻗어 나왔다.

쩌저저정—

풀과 나무가 꽁꽁 얼어붙기 시작했다. 사방으로 하얀 서리가 내리며 방금 전까지 훈훈하던 날씨가 엄동설한처럼 변해 버렸다.

아! 그 누가 아이스 드래곤을 분노케 했단 말인가?

전설로는 아이스 드래곤이 분노하면 그 지역은 영원히 혹한의 냉지로 변한다 했는데.

휘이이이! 쏴아아아—

아니나 다를까, 곧바로 거센 폭풍과 눈보라가 몰아쳤다.

결국 그녀의 분노로 인해 이곳 아트리아 숲은 혹한의 땅으로 변하게 되는 것일까?

물론 그것은 프루아만의 착각일 뿐이었다.

본래라면 당연한 일인지도 모른다. 그러나 어제까지 당연했던 일이라 해도 오늘은 당연하지 않게 될 수 있다는 사실을 그녀는 알아야 했다.

'이럴 수가!'

그녀의 표정은 이내 다시 경악으로 가득 찼다.

그녀의 몸에서 뿜어져 나온 그 엄청난 냉기가 돌연 흔적도 없이 사라져 버렸다. 사방이 얼어붙기는커녕 주변은 좀 전과 다를 바 없이 훈훈했다.

혹시 루켈다스가? 그것은 아니었다.

슥슥!

루켈다스는 마치 남의 일이라는 듯 신경도 쓰지 않고 바닥에 마법진을 그리기 바빴다.

'그럼 저놈이?'

비로소 프루아는 흑룡이 만만치 않은 존재임을 감지하고는 인상을 찌푸렸다.

"너는 대체 누구냐?"

"흑룡."

"흑룡……?"

"설명하기도 귀찮다. 일단 맞고 시작하자."

흑룡이 벌떡 일어나더니 그대로 바람처럼 날아와 프루아의 복부를 후려쳤다.

퍽—!

"커억!"

프루아의 몸이 붕 날아가 꼴사납게 처박혔다.

아무리 기습이라 해도 그렇지, 이게 무슨 꼴……?

'우라질!'

그녀는 울화통이 치밀어 벌떡 일어나려 했지만, 몸이 말을 듣지 않았다. 마나가 도무지 통제되지 않았고, 전신이 무기력했다.

'이게 어찌 된 거야.'

간신히 일어나 라도스의 검을 겨누는 그녀의 마음속으로 불현듯 섬뜩한 기분이 스치고 지나갔다.

'뭔가 잘못되었다……'

비로소 그녀는 루켈다스가 평소와 달리 무척이나 주눅이 든 자세로 앉아서 조용히 마법진을 그리고 있는 모습을 발견했다.

처음에는 그냥 일부러 그녀를 모른 척하느라 그런 줄 알았는데, 지금 보니 아니었다. 그는 마치 생선을 훔쳐 먹다 잔뜩 혼이 난 고양이처럼 움츠리고 있었고, 무척이나 조심스러워 보였다. 흑룡의 눈치를 보고 있는 것이 틀림없었다.

저벅저벅.

그러나 지금 프루아는 그런 걸 자세히 관찰할 만큼 여유로운 때가 아니었다. 그녀의 앞으로 흑룡이 걸어오고 있었던 것이다.

"감히!"

프루아는 마검 라도스를 번쩍 휘둘렀다. 비록 방금 전에는 불의의 일격에 당해 낭패를 겪었지만, 그녀의 손에 고대 거신병인 마검 라도스가 있는 한 쉽게 당하지 않으리라 확신했다.

콰르르릉!

순간 흑색의 뇌전이 일어나 흑룡의 전신을 강타했다. 그것은 마검 라도스에 깃들어 있는 흑뢰(黑雷)의 기운이 형성한 것으로, 이른바 '암흑의 분노' 라 불리는 필살기였다.

콰아앙!

귀가 찢어질 듯한 폭음과 함께 흑룡이 있던 자리에 버섯 형상의 구름이 피어났다.

'호호! 됐어!'

공격이 적중하자 프루아는 회심의 미소를 지었다.

가히 웬만한 10서클의 마법을 능가하는 강력한 파괴력을 지닌 공격으로, 하루에 한 번은 그 어떤 마나의 소모 없이 마검 자체의 기운만으로 펼칠 수 있었다.

프루아는 비록 이 한 번의 공격으로 저 정체불명의 흑룡이란 녀석을 이길 수 있다는 보장은 없지만, 그래도 어느 정도 피해는 입힐 수 있을 것이라 생각했다.

그런데 흑색의 구름이 사라지고 난 이후, 흑룡이 멀쩡한 상태로 서 있는 것을 본 그녀는 두 눈을 의심했다.

"말도 안 돼!"

"세상에 말도 안 되는 일은 없다. 네가 아직 그것을 이해하지 못할 뿐이지."

흑룡은 성큼 다가왔다. 프루아가 본능적으로 검을 휘둘렀지만, 흑룡은 가볍게 그것을 피하더니 그녀의 검을 쥔 오른팔을 붙잡고 그대로 바닥에 메다꽂았다.

쾅!

머리부터 그대로 땅에 처박힌 프루아는 순간 벼락이라도 맞은 듯 몸을 부르르 떨었다. 흑룡은 냉큼 그녀가 아직 쥐고 있는 검을 빼앗아 들었다.

"흠, 이 검은 고대 거신병이로군. 이런 건 노예가 가질 만한 물건이 아니니 내가 챙기도록 하겠다."

흑룡은 검신에 적혀 있는 라도스라는 글자를 보며 흡족한 미소를 지었다. 그러고는 슬쩍 아공간에 집어넣어 버렸다.

"으으! 내, 내 검! 이리 내놓지 못하느냐?"

프루아는 머리가 완전히 땅속에 파묻힌 상태였지만, 힘겹게 털고 일어났다. 인간이었다면 목뼈가 부러져 죽었겠지만, 드래곤인 그녀가 그 정도로 죽을 리는 없었다.

아름다웠던 긴 머리카락이 봉두난발 되어 흐트러져 있었고, 코에서는 피가 주르륵 흘러나왔지만, 그녀는 그보다 자신의 애병이라 할 수 있는 마검 라도스를 빼앗긴 것에 이미 제정신이 아니었다.

"죽여 버리겠다!"

본래라면 즉시 폴리모프 상태를 해제하고 본신으로 돌아갔을 것이다. 그러나 알 수 없는 힘이 그것을 막았다.

저주였다. 마법 해제를 불가능하게 만드는 저주!

그것은 실로 소름 끼치는 일이었다. 흑룡이 드래곤인 그녀보다 한 차원 높은 마법을 구사하지 않는다면 불가능한 일이기 때문이다.

'으윽! 저놈이 대체 누구이기에!'

어쩔 수 없이 그녀는 아공간에서 무기를 꺼내 쥐었다.

그녀의 양손에 나타난 두 개의 단검!

그것은 빙결의 단검이라 불리는 것으로 거신총에서 얻은 보물들이었다. 비록 마검 라도스에 비할 수는 없지만, 어지 간한 드래곤의 가죽을 종이 베듯 할 수 있을 정도의 위력은 지니고 있었다.

팟—

르메스 대륙의 드래곤들 중에서 가장 빠른 움직임을 가 지고 있다는 그녀였다. 드래곤들 사이에서 그녀를 어쌔신 이라 부르는 이도 있을 정도였다.

그런 만큼 프루아는 적지 않은 부상을 입은 와중에도 바 람처럼 흑룡의 후면으로 이동했다.

"죽엇!"

흑룡이 입은 갑주가 범상치 않다는 것을 알고 있는 그녀 는 최대한 갑주의 틈을 포착해 단검을 찔러 넣었다.

팍! 팍!

그러나 이게 웬일인가. 그녀의 단검은 알 수 없는 막에 가로막혀 뒤로 튕겨 나갔다. 엄청난 반탄력에 그녀의 양손 이 찢어져 피가 주룩 흘러내렸다.

"으윽!"

흑룡은 사실 충분히 피할 수 있었지만 그대로 있었다. 오후스의 갑주가 가진 방어력이 예상보다 뛰어난 터라 굳이 피할 이유가 없었던 것이다.

갑주를 입고 있는 것만으로도 거의 모든 물리 공격과 마법 공격을 튕겨 버린다. 눈으로 보이는 틈은 허상일 뿐 그 어떤 틈도 존재하지 않았다.

게다가 스스로 주변의 마나를 흡수해 내구를 회복하기 때문에 갑주가 손상될 걱정 따위는 하지 않아도 되었다.

'불가사의할 정도로군.'

어쩌면 정말로 초월자가 아니면 손상시킬 수 없는 갑주인지도 모른다. 그렇다면 지금 당장 플런더 급의 마왕을 만난다 해도 흑룡은 최소한 패배하지 않을 수 있었다.

"으득! 이 망할 자식! 죽어라!"

한편 이쯤 되면 상황을 파악할 법도 하련만 프루아는 죽자 살자 덤벼들었다.

너무 오래도록 인간들 위해 군림만 해 왔던 그녀로서는 누군가에게 이토록 모멸을 당한다는 사실 자체를 인정하고 싶지 않았던 것이다.

흑룡이 싸늘히 웃었다.

"너는 아직도 네가 처한 현실을 모르고 있구나, 프루아."

"닥쳐! 그 말은 내가 할 소리다!"

프루아가 번쩍 날아들었다.

휙! 휙!

머리를 향해 매섭게 쇄도하는 두 개의 단검을 흑룡은 허리를 숙여 피함과 동시에 그녀의 다리를 손으로 걸어 뒤로 넘어트렸다.

"앗!"

프루아는 당혹스러워하며 일어나려 했지만, 흑룡은 그야말로 바람처럼 그녀의 배 위로 올라타 머리를 양 주먹으로 연거푸 내리쳤다.

퍽! 퍽! 퍼퍼퍼퍽—

프루아는 무력하게 맞았다. 흑룡이 내리치는 주먹은 하늘에서 무슨 벼락이 떨어져 내리듯 빨랐다.

쾅! 쾅!

이대로라면 딱 죽겠다 싶은 마음이 들자 비로소 프루아는 자신이 잘못 걸렸다는 사실을 깨달았다. 차라리 마왕의 콧수염을 잡아 뺄망정 흑룡이란 자에게 덤벼드는 것이 아니었다.

쾅쾅쾅! 으직! 쾅쾅! 퍽퍽퍽—

"아아악! 까악! 사, 살려……으악!"

대체 이 무슨 봉변이란 말인가? 그녀의 기나긴 용생에서 가히 상상도 해본 적이 없던 일이 벌어지고 있었다.

문제는 그것이 이제 시작이었다는 것!

흑룡은 대략 백여 번 정도를 후려치더니 돌연 그녀의 몸을 뒤로 돌렸다. 이어서 우악스러운 그의 두 다리와 팔로 그녀의 몸을 뱀처럼 조이며 비틀었다.

우드득! 크지직! 와자자작—

"아아아아악!"

아아, 전신의 뼈가 뒤틀리다 못해 부러졌으니!

이 끔찍한 고통을 도무지 무엇이라 표현하리오.

프루아는 그대로 정신이 날아가 버리는 듯했다.

'허억! 저런 무식한……'

루켈다스가 입을 쩍 벌렸다. 그는 사실 흑룡구타술이 시작된 것을 한편으로 흥미진진하게 쳐다보고 있었다. 그가 당할 때는 끔찍했지만, 남이 당하는 걸 구경하는 건 흥미로운 법이니까.

그러나 막상 쳐다보니 흥미는커녕 가슴이 철렁 내려앉을 정도로 공포스러웠다. 놀랍게도 지금 흑룡이 펼치고 있는 동작들은 아까 루켈다스가 당해 보지 못했던 유의 것들이었다.

고통을 주는 방법이 저토록 무궁무진할 줄이야. 게다가 하나같이 무자비했고 잔혹했다.

'으으! 저자는 대체 어디서 튀어나온 존재인가. 제발 꿈이면 깨어나라.'

드래곤인 루켈다스가 진저리를 칠 정도였으니 다른 이들은 오죽하겠는가. 카치카들은 두 손으로 눈을 가렸고, 시엘은 고개를 돌려 외면하고 말았다.

"보……보지 마, 리닌."

헤나 또한 리닌의 눈을 가리며 황급히 고개를 돌렸다.

'아아, 저자는 틀림없이 마왕일 거야. 여자를 저렇게 때리다니 사람이라면 저럴 수 없어.'

비록 드래곤이라지만 그래도 여자인데, 어떻게 저리 우악스럽게 때릴 수 있는지, 그녀는 흑룡을 이해할 수 없었다.

그녀가 어찌 알 수 있겠는가.

흑룡에게 성별 따윈 아무 의미가 없다는 것을.

샤크가 마왕이던 시절, 그에게 죽도록 맞은 이들 중에는 여자 마왕이나 마족들도 적지 않았다. 잘못을 했을 때는 남녀를 불문하고 누구 하나 덜 맞거나 더 맞는 일 없이 모두가 공평하게 맞아야 했다.

그것은 샤크의 전전생이었던 무림에서도 마찬가지였다.

무림에 사악한 여마두들이 어디 한둘이었겠는가.

백룡은 마두들은 남녀를 불문하고 공평하게 손을 봐 주었다.

그렇게 해서 다듬어진 것이 백룡구타술이었고, 흑룡은 바로 그것을 토대로 그보다 더욱 가공스러운 흑룡구타술을 만들었다.

따라서 흑룡에게 있어 프루아는 그저 드래곤일 뿐 그녀가 여성이라는 것은 아무런 의미가 없었다.

으드득! 우지직! 와자자작!

"끄아악! 아아아악! 제, 제발…… 살려…… 끄윽!"

프루아의 몸을 뱀처럼 조여 모든 뼈를 으스러뜨렸다가 다시 회복시키기를 수백여 차례.

놀랍게도 매번 동작이 달랐다. 하나같이 감탄이 나올 만한 기막힌 자세들! 그런 동작이 수백 가지인 만큼 그로부터 느껴지는 고통 또한 수백 가지였으리라.

프루아는 수없이 실신했다가 다시 깨어났다.

그사이 어느덧 반나절이 지났다. 누군가에게는 반나절이지만, 누군가에는 수십 년의 악몽과도 같은 시간이 지난 것이다.

"흑흑―!"

뭐가 서러운지 프루아는 땅바닥에 주저앉아 훌쩍거렸다. 그런 그녀를 흑룡은 차갑기 이를 데 없는 눈빛으로 내려다봤다.

"프루아! 너는 드래곤으로서 마땅히 해야 할 사명을 잊어버리고 사악한 마왕에게 충성을 맹세해 인간들을 괴롭히는 짓을 일삼았지. 그러고도 네가 드래곤이라 할 수 있느냐?"

"그, 그게……."

프루아는 흠칫 몸을 떨며 뭐라 변명을 하려고 했다. 그 순간 그녀의 귓속으로 은밀히 파고드는 심어(心語)가 있었으니.

'변명하지 말고 무조건 잘못했다고 해라. 안 그럼 또 반나절이다.'

다름 아닌 루켈다스의 심어였다. 그로서는 변명을 하는 순간 흑룡의 분노가 다시 폭발할 것이 뻔한데, 아무래도 그런 눈치에서 상대적으로 둔한 프루아가 변명을 할 것 같아서였다.

'바……반나절……?'

프루아는 심장이 철렁 내려앉는 듯했다. 그녀로서는 그

끔찍한 고통을 또 당한다는 건 상상할 수도 없었다. 그래서 흑룡 앞에 잽싸게 엎드리며 외쳤다.

"흑! 제가 생각이 짧았습니다. 두 번 다시 그런 짓을 하지 않을 테니 부디 용서해 주세요. 진심으로 뉘우치고 있어요."

그러자 얼음장처럼 차가웠던 흑룡의 표정이 살짝 풀어졌다.

"그렇다면 앞으로는 마왕과 맞서 싸우겠다는 거냐?"

"물론이에요, 마스터."

그사이 루켈다스가 다시 심어를 통해 알려 주었기에 프루아는 대뜸 흑룡을 향해 마스터라 불렀다.

그러자 흑룡의 입가에 이내 흐뭇한 미소가 맺혔다.

"좋아, 프루아. 앞으로 기대하겠다."

그 말과 함께 흑룡은 한 손을 슥 휘저었다.

화아아악!

곧바로 따스한 기운이 프루아를 휘감았다. 만신창이였던 그녀의 몸이 언제 그랬냐는 듯 말끔하게 회복되었다.

'휴우.'

프루아는 속으로 가슴을 쓸었다. 정말로 죽다 살아난 것이다. 절로 두 눈에 눈물이 맺혔다.

'고마워, 루켈다스.'

'후후, 고마운 걸 알다니 다행이로군.'

프루아는 평생 원수 같았던 루켈다스가 이 순간만은 진심으로 고마웠다. 그가 조언해 주지 않았다면, 지금쯤 그녀는 악몽 같은 반나절을 또 보냈어야 했을 테니까.

Chapter 12

안개 저편으로

츠으으읏! 화아아악—

마법진을 이루는 기이한 문자들이 무지갯빛의 광채를 발산했고, 난데없이 신비로운 하프의 연주음이 들려왔다.

디디링! 디디디딩!

동시에 마치 장미가 가득한 화원에 들어서기라도 한 것처럼 은은한 장미 향이 코를 자극했다.

"아아! 이런 환상적인 마법진은 처음이야!"

"정말 멋져요."

"마법진에서 음악이 나오기도 하는군요. 정말 기막혀요!"

헤나와 리닌, 시엘은 탄성을 질렀다. 카치카들도 두 눈이 휘둥그레 변했다. 흑룡은 무표정했고, 프루아는 아직 흑룡 구타술의 공포에서 헤어 나오지 못한 듯 침울한 표정이었다.

반면에 루켈다스는 마치 장인과 같은 장엄한 표정을 짓고 있었다.

'후후후, 한 번 쓰고 버릴 임시 마법진일망정 허접하게 만들 수는 없지.'

그렇다. 이 화려하고 아름다운 마법진은 루켈다스가 잠깐이지만 심혈을 기울여 만든 것이었다.

골드 드래곤으로서의 자부심을 걸고 말이다.

그는 자신이 만든 마법진에 인간과 엘프, 카치카들이 감탄을 하자 흐뭇하기 이를 데 없었다.

사실 아무리 그가 화려함과 아름다움을 추구하는 골드 드래곤이라 하지만 꼭 이 상황에 마법진을 이토록 멋들어지게 만들 필요까지는 없었을 것이다.

당연히 흑룡구타술을 당한 충격 때문이었다.

그로 인해 정신이 이상해졌다기보다는 드래곤으로서의 자존감이 상실될 위기에 처했던 것이다.

본래 드래곤이라면 그래도 제법 지고한 존재라 할 수 있는데, 흑룡 앞에서는 무슨 하찮은 하급 몬스터나 다를 바 없는 취급을 받으니 무슨 살맛이 나겠는가.

그래서 뭔가 다른 면모로라도 드래곤의 위대함을 증명하고 싶었을 뿐이다.

바로 그것을 위해 마법진을 최대한 예술적으로 만들어 본 것이었는데, 헤나 등이 감탄해 주자 내심 기쁘지 않을 수 없었다. 약간이지만 드래곤으로서의 자존감이 회복된 것도 같았다.

"마스터! 이제 마법진에 오르시지요. 시간이 충분했다면 좀 더 신경을 써서 만들었겠지만, 경황 중이라 대충 만들었습니다."

사실 절대 대충 만든 것이 아니었지만, 최대한 겸양을 떨며 말한 것이었다. 그래도 그는 흑룡의 입에서 뭔가 감탄사가 나와 줄 줄 알았다.

그러나 웬걸. 흑룡은 뭔가 못마땅한 듯 시큰둥한 표정으로 고개를 끄덕였다.

"확실히 대충 만든 흔적이 보이는군."

"예?"

"일단 연주가 너무 단조롭구나. 어째서 고작 하프 하나뿐이냐?"

"아! 다음부터는 연주에도 신경을 쓰겠습니다."

"그리고 장미 향이 너무 진해. 뭔가 천박한 느낌이 드는

구나."

"……향에도 신경을 쓰겠습니다."

"마법 광채들도 마찬가지다. 저건 눈만 어지러울 뿐 세
련된 맛이 없지 않으냐? 색이 많다고 멋진 것은 아니야. 꼭
필요한 색만 집어넣고 적절한 조화를 이루는 게 중요한 것
이다."

"예……. 그렇군요."

"아무래도 넌 기본이 부족한 것 같으니 기초적인 색감부
터 다시 공부하는 게 어떠냐?"

"죄송합니다. 다음엔 좀 더 분발하겠습니다."

루켈다스는 울상을 지으며 허리를 숙였다. 흑룡은 마법
진 위로 올라갔다.

"그래도 일단 만들었으니 아쉬운 대로 타고 가겠다."

아마 샤크였다면 적당히 칭찬도 해 주었을지 모른다. 전
생이나 전전생과 달리 그는 좀 사람답게 살자고 작정했기
때문이다. 그러나 흑룡은 그런 식으로 빈말을 해 줄 생각은
전혀 없었다.

'크흑!'

루켈다스는 풀이 죽은 표정으로 마법진에 올랐다. 그런
그의 모습을 보고는 방금 전까지 침울해 있던 프루아의 입

가에 슬쩍 미소가 걸렸다.

'호호, 나보고 미적 감각이 없다며 꽤나 거들먹거리더니 이제야 임자를 만났구나, 루켈다스.'

사실 프루아가 그토록 자랑질을 하게 만든 데는 루켈다스가 원인을 제공한 바도 있었다. 그동안 툭하면 프루아를 찾아가 미적 감각이 없다느니, 둔하다느니 하며 핀잔을 주곤 했기 때문이다.

그런데 그런 오만방자했던 루켈다스가 색감이 부족하다는 핀잔을 받고 있는 것이다. 어쩌면 루켈다스의 미적 감각이 부족하다기보다는 저 무지막지한 마스터 흑룡의 취향을 맞추기가 쉽지 않아서일지도 모르지만 말이다.

어쨌든 프루아로서는 갑자기 침울했던 기분이 풀리는 느낌이었다. 그러다 그녀는 이내 다시 한숨을 푹 내쉬었다.

'그러니까 크리오스 왕국으로 간다고?'

방금 전 흑룡에게 들은 말이었다. 그녀의 의사 따위는 중요하지 않았다. 일방적인 통보였다. 하다못해 레어를 정리할 시간이라도 줘야 할 텐데, 그런 것도 허용되지 않았다.

물론 쓸 만한 보물은 다 아공간에 넣어 둔 상태라지만, 그래도 여전히 레어에는 적지 않은 보물들과 노예들이 있으니 왠지 아쉽지 않을 수 없었다.

그리고 그런 아쉬움보다 솔직히 두려움이 더욱 컸다. 크리오스 왕국은 그녀도 적지 않은 호기심을 가지고 있었지만, 감히 들어가 볼 생각을 하지 못했다.

경계를 이루는 안개 지대 앞에만 서면 소름이 몰려왔기 때문이었다.

그것은 본능적인 두려움이었다.

드래곤으로서의 모든 것을 잃어버릴지 모른다는 것!

왜 그런 섬뜩한 기분이 드는지 알 수 없지만, 그녀는 쓸데없는 모험을 하고 싶지 않았다.

따라서 마왕 테네칸이 그곳을 금지로 지정하기 전에도 그녀는 절대 그곳에 들어가 볼 생각을 하지 않았다.

그런데 이제 그곳으로 가야 하는 상황이 되고 말았다.

그녀의 의사가 아닌 마스터 흑룡에 의해 일방적으로!

안타깝지만 그의 의사를 거스르는 것은 불가능했다.

그것은 거부할 수 없는 운명이었다.

프루아가 마법진 위로 오르자 그 뒤를 헤나와 리닌, 시엘 그리고 거트와 거구즈가 따라 올랐다. 다시 그 뒤를 스켈레톤 워리어 칼둔, 그리고 환물 사부들이 차례로 따라왔다.

번쩍! 화아아아악—

다시 한 번 마법진에서 오색찬란한 빛들이 일어났다가

소멸되었을 때 그곳에는 아무도 보이지 않았다.

동시에 그들은 그로부터 서쪽으로 아득히 멀리 떨어진 한 돌산의 정상 위에서 나타났다.

돌산의 정상은 제법 평평했지만, 마법진의 반경 이외에는 공간이 없는 것이나 마찬가지로 비좁았다. 그 아래는 깊이 모를 까마득한 절벽이 있었다.

"앗! 조심해!"

"절벽이에요!"

이에 헤나 등은 기겁했다. 아무 생각 없이 마법진 바깥으로 걸어 나갔다간 그대로 추락사하고 말았으리라.

흑룡은 힐끗 루켈다스를 노려봤다.

"왜 하필 이런 곳으로 좌표를 잡았느냐?"

그러자 루켈다스는 히죽 웃으며 한쪽을 가리켰다.

"마스터께서 쓸데없는 충돌을 피하라 하셔서 최대한 그런 장소를 선택했습니다. 저기 아래 보이는 곳이 크리오스 왕국의 국경입니다. 근처에 감시초소가 드문드문 있긴 하지만 그들을 속이는 건 일도 아니지요."

"좋아, 잘했다."

그러고 보니 루켈다스는 가장 빠르게 크리오스 왕국으로 진입할 수 있는 방법을 선택한 것이었다.

물론 돌산 아래로 험악한 지형이 형성되어 있지만, 이 정도야 비행 마법을 펼치면 어렵지 않게 건너갈 수 있을 것이다.

"시작해라."

"예, 마스터."

흑룡이 굳이 구체적으로 설명해 주지 않아도 루켈다스와 프루아는 어떻게 해야 하는지 알았다.

"그룹 인비저빌리티!"

"블루 윙스!"

루켈다스는 일행 전체에게 투명 마법을 걸었고, 프루아는 비행 마법을 걸었다.

순간 모두의 전신이 투명해졌고, 어깨엔 투명한 푸른 빛의 날개가 생겨났다.

"와! 내가 투명해졌어!"

"케케! 날개가 생겨났다."

말로만 듣던 투명 마법에 천사를 연상케 하는 날개까지 생겨나니 헤나 등은 꿈만 같았다.

그러나 사실 헤나를 더욱 들뜨게 하는 것은 크리오스 왕국의 경계를 이루고 있는 짙은 안개 지대였다. 이상하게도 그곳을 보는 순간 가슴이 세차게 뛰었던 것이다.

그것은 카치카들도 마찬가지였다.

그들은 안개 지대 저편에 존재한다는 크리오스 왕국에 대해 막연한 두려움을 가지고 있었지만, 이상하게도 막상 그 앞에 당도하니 오히려 가슴이 세차게 뛰기만 할 뿐 그리 두렵다는 생각은 들지 않았던 것이다.

　　리닌 또한 상기된 표정이었다. 투명한 날개를 펄럭이며 크리오스 왕국 쪽을 바라보는 그녀의 눈빛은 샛별처럼 반짝였다.

　　반면에 드래곤들은 그들과 달리 매우 꺼림칙해하는 표정을 지었다.

　　그리고 흑룡은 그저 담담한 표정이었다.

　　"모두 저 안개 지대로 들어간다."

　　저 안에 뭐가 있든 일단 왔으니 가야 하리라.

　　모두들 흑룡의 말을 따랐다.

　　그렇게 그들은 돌산의 정상에서 안개 지대를 향해 가볍게 날아갔다. 그리고 지체 없이 안개 지대 안으로 진입했다.

　　흑룡은 모두가 들어간 것을 확인한 후 마지막으로 진입했다.

　　스스스―

　　순간 매우 기이한 일이 벌어졌다. 눈앞을 가리고 있던 안개 지대가 순식간에 사라져 버린 것이 아닌가?

'흠?'

그러나 자세히 보니 그것이 아니었다. 안개는 저 뒤편에 있었다. 그야말로 그는 눈 깜짝할 사이에 안개 지대가 있던 곳을 통과해 크리오스 왕국의 국경 안으로 건너온 것이었다.

'특별한 결계의 일종이로군. 저 안개 지대는 두 개의 공간을 연결하는 일종의 통로이자 경계가 분명해.'

결계를 통해 두 개의 공간이 나뉘어 있었던 것이다.

'이곳이 크리오스 왕국인가?'

싸늘한 한풍이 몰아닥치던 칼드 제국의 국경 지대와 달리 이곳은 마치 봄날처럼 훈훈한 기운이다.

'이곳이 왕국이라면 이곳을 지키는 국경 수비대가 있어야 마땅한데 그런 흔적은 보이지 않는군.'

그저 쫙 펼쳐진 초원만 보인다는 것이 기이했다.

만일 초원이 아닌 황무지라면 흑룡이 알고 있는 어떤 세계와 유사할 정도였다.

그곳은 물론 환야(幻野)였다.

환야에는 마치 사막처럼 끝없이 황무지의 지평선이 펼쳐져 있었으니까.

혹시 그렇다면 이곳도 일종의 그런 세계인 것일까?

더욱 기이한 것은 흑룡은 가만히 서 있을 뿐이었는데 안개 지대는 그사이 까마득히 멀어져 있었고, 어느 순간 그것은 시야에서 사라져 버렸다.

결계가 사라진 것이다.

그것은 칼드 제국으로 돌아갈 수 있는 통로가 사라졌음을 의미했다. 지금의 흑룡이라 해도 돌아갈 길이 막막했다.

'이곳은 환야와는 다르군.'

환야에서는 특정한 대륙 즉, 소세계에서 대차원의 세계인 환야로 나오는 틈은 이변이 일어나지 않는 한 사라지지 않는다. 그곳의 위치 또한 변동되지 않는다.

따라서 용자들은 가디언들을 그 틈들에 배치하여 자신의 소세계를 철저히 지킬 수 있었다.

그러나 이곳은 그와 달랐다.

칼드 제국의 국경에 위치해 있던 안개 지대의 결계는 쌍방향 통로가 아닌 한 방향 통로였다. 즉, 한 번 건너오면 두 번 다시 돌아갈 수 없도록 되어 있었던 것이다.

그런 흔적을 누구도 알아볼 수 없게 짙은 안개 지대로 감춰 놓았다. 그 안개에는 차원력의 기운도 깃들어 있었다.

따라서 가히 초월자가 아니면 이곳이 한 방향 통로라는 사실을 알지 못할 것이다.

그제야 비로소 흑룡은 크리오스 왕국이 그동안 미지의

장소로만 알려져 있는 이유를 알 수 있었다.

'저 까마득한 상공에 어려 있는 가공할 기운은 필시 차원력일 터. 따라서 이곳은 환야와는 다르지만, 그와 어느 정도는 유사한 대차원 지대일 것이다.'

환야처럼 방대한 대차원의 세계로, 흑룡은 차원의 바다라는 곳에 대해 들어 본 적이 있었다.

차원의 바다는 차원력으로 이루어진 바다에 각각의 소세계들이 섬처럼 부유하는 세계로, 무수한 해역들이 존재하는 무한의 세계였다.

그러나 이곳은 딱 봐도 차원의 바다에 속한 곳은 아니었다.

그것은 흑룡이 비록 분리된 자아라 하지만 초월자의 지식을 갖고 있기에 추정이 가능했다. 즉, 그는 이곳 세계가 환야나 차원의 바다와는 다른 또 다른 대차원의 세계임을 직감할 수 있었다.

새로운 무한의 세계!

그것을 흑룡은 일단 차원의 초원이라 부르기로 했다. 끝없이 초원 지대가 펼쳐져 있으니 딱 적당한 이름이었다.

'그나저나 모두들 어디로 간 건가?'

차원의 초원으로 진입하는 순간 드래곤들이 펼쳤던 마법

들은 저절로 풀려 버렸다. 즉, 인비저빌리티의 투명화 마법과 블루 윙스의 비행 마법이 사라진 것이다.

물론 흑룡은 그런 마법들을 받지 않아도 그보다 더 강력한 마법을 스스로에게 펼칠 수 있었다.

그래도 드래곤 노예를 뒀다가 뭐하겠는가. 그런 식으로라도 한동안 부려 먹으며 정신 교육을 할 생각이었던 것이다.

문제는 드래곤들은 물론이고 헤나 일행의 종적도 찾을 수 없다는 것. 설마 차원의 초원으로 진입하며 각각 다른 공간으로 이동된 것일까?

그렇다면 그들을 쉽게 찾는다는 건 거의 불가능에 가깝다고 볼 수 있었다. 이 무한의 공간은 초월자가 아닌 이상 텔레포트가 불가능하기 때문이다. 설사 가능하다 해도 그들이 어디에 있는지를 알지 못하면 의미가 없었다.

'그것참, 낭패로군.'

흑룡은 난감해하는 표정을 지었다. 그의 생각에는 크리오스 왕국이란 곳이 과연 존재하는지도 의문이었다.

그곳이 정말로 존재한다 치자.

대체 이 무한한 차원의 초원 어디에 그곳이 있는지 알아낸다는 말인가.

'어쨌든 약속은 지켜야 한다.'

안개만 넘어오면 크리오스 왕국인지 알았지만, 그것이 아닌 것이 확인된 이상, 이제 수단과 방법을 가리지 말고 헤나와 리닌을 찾아보기로 했다.

물론 막막했다. 안개 저편에 있는 샤크가 초월자의 경지에 이른 후라면 모를까 지금 흑룡의 능력으로는 도무지 감을 잡을 수가 없었던 것이다.

그런데 바로 그때.

흑룡으로서도, 그리고 안개 저편에서 흑룡의 이 상황을 매우 흥미진진하게 지켜보고 있는 샤크로서도 상상할 수 없었던 특이한 일이 벌어졌다.

먼저 어디선가 기이한 음성이 울렸다.

"여행자여! 저주와 속박의 공간에서 빠져나온 걸 축하한다. 이제 그대는 새로운 운명을 받아들일 준비가 되어 있는가?"

이게 대체 무슨 소리인가? 흑룡은 흠칫 놀라 주변을 살펴봤지만 아무도 없었다.

암흑지신의 3단계에 이른 그의 이목을 속이고 뜻을 전해 오는 자라니!

결코 마법 전성이나 심어는 아니었다. 그렇다고 전음도

아니었다.

그러던 흑룡은 문득 안색을 굳혔다.

'아무래도 이것은 저 아득한 상공의 차원력으로부터 내려오는 누군가의 의지가 분명하다.'

그렇다면 초월자 이외에는 없었다. 흑룡은 긴장한 표정으로 크게 외쳤다.

"당신은 초월자인가?"

그러자 예의 그 음성이 들려왔다.

"여행자여! 그대에게 질문은 허락되지 않는다. 크리오스의 왕국에 온 이상 그대가 원치 않더라도 기존의 운명을 벗어 버리고 새로운 운명을 받게 되리라."

'오!'

뜻밖에도 흑룡이 차원의 초원이라 칭한 이곳의 본래 이름은 크리오스의 왕국이었던 것이다.

화아아악!

그 순간 상공으로부터 기이한 광채가 내려와 흑룡의 전신을 휘감았다.

'으윽!'

놀랍게도 그 광채에 휩싸인 순간 흑룡은 꼼짝도 할 수 없었다.

　"이제 그대를 지배하고 있던 어둠의 힘은 사라지게 된다. 그대는 새로운 육체를 통해 그간 주어진 제약과 한계에서 벗어나게 되리라."

　"저주와 속박의 세계에서 소지하고 있던 것들은 이곳에서 그 어떤 힘도 발휘하지 못하니 모두 몰수하겠다. 그것들은 혹시라도 그대가 크리오스 왕국을 떠나게 될 때 돌려받게 되리라."

　그 말과 함께 흑룡이 입고 있던 오후스의 갑주와 마검 라도스를 비롯해 아공간에 있던 모든 물건들이 흔적도 없이 사라져 버렸다.
　장신구는 물론이고 속옷 한 장도 없는 완전한 알몸.
　그러나 그게 문제가 아니었다. 흑룡은 체내의 모든 암흑지기가 사라진 것을 확인하고는 경악했다.
　'이게 어찌 된…….'
　어떻게 이룬 암흑지신 3단계인데 그것이 흩어져 버렸다는 말인가.

그러다 문득 흑룡은 자신의 사타구니 부분을 보고 멍한 표정을 지었다.

'아니?'

본래는 없던 것이었다. 좀비인 흑룡에게 그 부분은 굳이 필요하지 않았다.

그는 소변이나 대변을 볼 필요도 없었다. 사실상 장기가 존재하지 않기 때문이었다. 그가 언데드를 섭취한 것은 오직 암흑마기를 흡수하기 위함이었을 뿐이었고, 언데드의 사체는 암흑마기로 화해 그의 단전에 쌓여 있었다.

즉, 그는 이전까지 암흑지신의 단계가 상승하며 겉모습만 멀쩡한 사람처럼 보였을 뿐이지, 여전히 사람이 아닌 좀비일 뿐이었다.

죽은 시체에 샤크가 의도적으로 분리해 놓은 자아가 빙의되어 있는 불완전 인간이 바로 그인 것이다.

그런데 지금 믿을 수 없게도 흑룡은 자신이 완벽한 인간의 육체를 가지게 된 것을 알 수 있었다.

'이건 정말 놀라운 일이군.'

이 순간 흑룡뿐 아니라 안개 저편에서 이 상황을 지켜보고 있는 샤크도 경악했다.

'저럴 수가!'

사실 샤크에게 있어서는 흑룡이 가진 암흑마기가 모두 흩어져 버린 것쯤은 그리 큰 문제가 아니었다.

어차피 잠시의 시간이 지나면 샤크 자신이 지금의 흑룡보다 비할 수 없이 강해질 것이기 때문이다.

그보다는 그조차도 상상해 보지 못했던 기괴한 일이 발생해 놀란 것이었다.

'언데드 좀비를 완전한 인간으로 만들다니 놀랍군.'

대체 저 크리오스 왕국을 지배하는 초월자는 어느 정도의 경지에 이르렀기에 저토록 기괴한 일을 가능케 한다는 말인가?

샤크로서는 놀라우면서도 흥미롭지 않을 수 없었다.

흑룡이 새로운 운명과 육체를 얻었다 해도 어차피 또 다른 샤크인 것은 변하지 않았다. 어쩌다 보니 샤크는 이제 두 개의 완벽한 육체를 가진 특이한 존재가 되어 버렸다.

'이대로라면 언젠가 흑룡도 초월자의 경지에 이를지도 모르겠군.'

그런 걸 가능하게 한 것은 크리오스 왕국에 존재하는 정체불명의 초월자가 가진 신비한 능력이리라.

샤크는 그 초월자를 꼭 만나 볼 생각이었다. 물론 지금은 아니었다. 이전의 모든 힘을 회복한 이후에나 생각해 볼 일인 것이다.

'그때까지 나는 아루드 성의 요리사일 뿐이다.'

그동안에는 흑룡이 크리오스 왕국에서 어떻게 새로운 운명을 개척해 나가는지 지켜보기로 했다.

흑룡은 잠시 망연자실한 표정으로 서 있다가 아래를 내려다봤다. 그의 앞에는 칙칙한 갈색의 낡은 옷 한 벌과 신발이 놓여 있었다.

'이건 뭔가? 옷이 없으니 입으라는 건가?'

안개 저편에 있을 때 입었던 옷은 모두 사라진 상태라 현재 흑룡은 벌거숭이 상태였다.

'일단 입도록 하지.'

대체 이 크리오스 왕국의 초월자가 원하는 것이 무엇인지는 모르겠지만, 일단은 따라 주기로 했다.

흑룡으로서는 이제 암흑지신의 3단계 경지가 흩어져 버린 것에 당황하기보다는, 지금 자신이 완전한 인간이 되었다는 것에 더욱 고무된 상태였다.

샤크가 머지않아 초월자가 되는 것과는 별개로, 흑룡 역시 초월자가 될 수 있는 길이 열렸기 때문이다.

이제 그는 샤크를 굳이 보호하지 않아도 되는 상황이니 서둘러 강해지기 위해 암흑마기를 쌓기보다는 무극지기를 쌓는 편이 훨씬 나을 것이다.

오직 무극지기로만이 초월자의 경지에 이를 수 있으니까.

슥슥.

흑룡은 낡은 옷을 입고 신발을 신었다. 옷은 투박하지만 깨끗했고 몸에도 딱 맞았다.

"그대에게 새로운 운명이 주어졌으나 그대가 본래 갖고 있던 모든 힘이 사라진 이상 크리오스 왕국에서 생존해 나가기란 쉽지 않을 것이다."

"기억하라! 크리오스 왕국에서 그대가 가진 모든 능력은 오직 몬스터와 전투를 벌여 승리했을 때만 증가하게 된다는 것을."

"아울러 그대가 끝없이 정진한다면 용자 혹은 용자의 가디언이 될 수 있는 길이 열릴 것이다."

'……!'

흑룡은 깜짝 놀랐다.

'용자라고?'

그러니까 이 크리오스 왕국의 초월자가 원하는 것은 르메스 대륙에서 빠져나온 이들에게 새로운 운명을 부여한 후 그들을 용자로 만들기 위함이었다는 말인가.

순간 흑룡은 알 수 없는 전율에 휩싸였다.

정말로 이런 기괴한 방법으로 용자들이 탄생할 수 있을지는 모르겠지만, 적어도 이 초월자의 의도는 매우 경탄스럽지 않을 수 없었던 것이다.

설령 의도대로 되지 않을지라도 이런 시도 자체는 매우 고무적이었다.

'그렇다면 헤나 등에게도 이와 같은 운명이 주어졌을까?'

또한 드래곤들에게도 그런 운명이 주어졌을까? 아직은 알 수 없었다.

다만 드래곤들이 이곳 크리오스 왕국에 대해 본능적인 두려움을 가지고 있던 이유에 대해서는 언뜻 짐작이 갔다.

'나의 암흑지신이 흩어지고 모든 보물들이 사라진 것으로 볼 때, 드래곤들 역시 비슷한 상황이 되었을 것이다.'

즉, 루켈다스와 프루아는 그들이 드래곤으로서 가졌던 강력한 힘을 모두 잃어버렸을 가능성이 높았다.

당연히 그들이 아공간에 챙겨 둔 막대한 보물들도 마찬

가지이리라.

새로운 운명을 부여받은 대신 기존의 세계에서 지녔던 모든 힘을 잃어버리는 것이 크리오스 왕국의 법칙이라 할 수 있기 때문이다.

드래곤들이 가진 본능적인 두려움!

그들은 무의식적으로 이 안개 저편의 세계에서 자신들이 가진 모든 것을 잃어버릴 수도 있음을 느꼈던 것이다.

따라서 그간 수많은 호기심이 있어도 감히 안개를 넘어올 생각을 하지 못했던 것이다.

반면에 카치카들은 경계 지대의 안개를 보았을 때 드래곤들과 달리 상당히 가슴 벅차했다.

아마도 그들은 본능적으로 느꼈기 때문이리라. 안개 저편으로 건너가면 저주와 속박에서 벗어난다는 사실을.

'내 짐작이 틀리지 않다면 카치카들은 저주에서 벗어나 완전한 인간이 되었을지도 모른다. 아니면 어떤 식으로든 기존과 다른 새로운 운명을 얻었겠지. 헤나, 리닌, 시엘도 마찬가지일 것이다.'

그것은 실로 놀라운 일이었다.

르메스 대륙의 고대 전설이나 민담 혹은 속담, 그리고 카치카들이 살고 있던 펠라드 대륙의 전설, 고대 엘프의 예언

등에 공통적으로 어둠이 짙어지면 서쪽으로 가라는 말이 있었다는 것!

그것은 고대부터 이곳 크리오스 왕국으로 그들을 이끄는 일종의 지침이 아니었겠는가.

저주에서 벗어나고 싶다면!

새로운 운명을 얻고 싶다면!

서쪽으로 가라!

크리오스 왕국으로 가라!

그제야 흑룡은 일련의 상황들이 조금씩 이해가 되기 시작했다.

저주가 풀리는 길은 이미 열려 있었다.

또한 마왕을 해치울 수 있는 방법도 존재했다. 누구라도 용자가 된다면 마왕과 능히 대적할 수 있을 테니까.

마왕 테네칸은 그 사실을 알고 있었던 것이다. 그래서 악착같이 방해 공작을 펼치고 있는 것이 분명했다.

그로 인해 크리오스 왕국으로 건너가 저주를 풀어야 할 카치카들이 오히려 사악한 몬스터의 본능을 부여받아 인간들을 핍박하게 된 것이다.

'사악한 놈 같으니!'

꽈악!

흑룡은 주먹을 말아 쥐었다. 그로서는 마왕 테네칸을 당장이라도 때려죽이고 싶었지만, 지금 상태에서 그 일은 그의 손을 떠난 상태였다.

그는 이제 안개 저편으로 갈 방법도 없을뿐더러, 설령 그것이 가능하다 해도 모든 힘을 잃어버린 지금으로서는 마왕과 대적해 승리하기란 불가능했다.

'그 일은 샤크가 알아서 하겠지.'

샤크는 아직 요리사로서 조용히 지내고 있지만 머지않아 그가 가진 모든 능력을 회복할 것이다.

아니, 이전보다 훨씬 더 강력해질 것이다.

팔찌에 봉인해 둔 수백의 초월자들이 가졌던 차원력을 모두 흡수하고 미증유의 능력을 가진 혼돈자가 될 테니까.

그때가 되면 감히 그 누가 샤크와 맞설 수 있겠는가.

즉, 마왕 테네칸의 종말은 시간문제일 뿐이었다.

초월자도 아닌 한낱 마왕에 불과한 테네칸은 그때 자신이 샤크 앞에서 얼마나 무력한 존재인지 알게 되리라.

그리고 그때 그간 마왕에게 속박되었던 모든 이들이 안개를 넘어 이곳 크리오스 왕국으로 오게 될 것이다.

오래도록 그들을 속박하고 있던 저주가 풀리며 새로운 운명을 부여받게 될 것이며, 그중 특별한 누군가는 용자가 될 수도 있고 혹은 용자의 가디언이 될 수도 있을 것이다.

따라서 흑룡은 더 이상 르메스 대륙의 일은 신경 쓰지 않기로 했다.

그에게 있어 중요한 것은 생존이었다.

'이곳에서 생존하기란 쉽지 않다고 말하는 걸 보면 곳곳에 죽음의 위협 요인이 도사리고 있다는 것을 의미하겠지.'

흑룡은 크리오스 왕국의 초월자로 추정되는 존재의 말을 상기했다.

'오직 몬스터를 죽여야만 능력이 상승한다?'

그는 이미 만상무극심법을 운용해 봤지만, 단 한 올의 무극지기도 쌓이지 않는다는 것을 확인했다.

설마 이 대차원의 세계에는 무극지기가 존재하지 않는다는 말인가?

그럴 리가 없었다.

흑룡은 곰곰이 생각해 보았다. 그리고 깨달았다.

바로 크리오스 왕국의 초월자가 한 말에 해답이 존재했다.

오직 몬스터를 죽여야만 능력이 상승한다는 것!

그 말대로라면 흑룡은 몬스터를 해치워야 단전에 무극지기가 쌓이거나 혹은 무극지기를 흡수할 수 있게 될 것이다.

대체 왜 그런 기괴한 성장 방식을 만들어 놓았는지 의문이었지만 흑룡의 입장에서는 굳이 따질 필요가 없었다.

예를 들어 정글은 비슷해 보여도 각각의 정글마다 생존의 방식은 다 다르다.

하물며 정글과 비할 수 없이 거대한 대차원의 세계들은 오죽하겠는가.

환야에서는 환야의 방식이 있듯이, 크리오스 왕국에서는 크리오스 왕국만의 방식이 존재하는 것이다.

'어떤 식이든 상관없다. 중요한 건 반드시 강해져야 한다는 것이다.'

각각의 차원마다 제각기 다른 고유의 생존 방식이 존재한다 할지라도, 적어도 강자생존(强者生存)의 법칙만은 그 어떤 차원의 세계에서든 통용되는 만고불변의 법칙일 테니까.

그리고 흑룡은 물론 강해지는 데 매우 익숙했다.

'일단은 이 주변부터 샅샅이 파악해야겠군.'

그사이 주변의 지형이 변하고 있었다.

스스스—

흑룡은 날카롭게 주변을 훑어 봤다.

방금 전까지 펼쳐져 있던 아름다운 초원의 지평선은 온데간데없이 사라지고 **빽빽한** 수풀이 시야를 가렸다.

끝을 알 수 없는 숲!

그 안에 흑룡은 홀로 남겨진 것이다. 마침 그의 앞에는 작은 샘이 보였다.

흑룡은 곧바로 앉아서 물의 상태를 살펴봤다.

'먹을 수 있는 물이군.'

인간의 육체를 가진 이상 식수의 확보는 필수이리라. 무극지기가 있다면 초신요리법을 통해 갖가지 식물이나 동물을 재료로 공복과 허기를 면할 수 있는 환단을 만들 수 있겠지만, 지금 그에게 그것은 불가능했다.

벌컥! 벌컥!

내친김에 물이나 실컷 마셔 두자는 생각으로 한동안 샘에 입을 대고 물을 마시던 흑룡은 돌연 깜짝 놀랐다.

샘에 비춘 그의 모습이 전혀 뜻밖이었던 것이다.

'이럴 수가!'

그는 당연히 좀비의 모습이 인간스럽게 변했을 것이라 생각했다. 아니면 샤크와 흡사한 모습으로 변했을 것이라 나름대로 추측하고 있었다.

그러나 샘에 비춘 그의 얼굴은 좀비도, 샤크도 아니었다.

바로 백룡의 얼굴이었다.

'아.'

흑발에 선이 굵은 얼굴.

강인한 눈매의 청년!

전전생에서 무림 모두가 두려워하던 광협 백룡의 청년기 모습이 틀림없었다.

'흠……!'

흑룡은 익숙하면서도 왠지 생소했다. 너무도 오랜만에 보는 자신의 얼굴이었기 때문이다.

'새로운 운명이라더니, 좀비가 결국 백룡이 되었구나.'

결코 나쁘지 않았다. 흑룡은 정말로 전전생의 백룡으로 다시 태어난 기분이라 무척이나 유쾌했다.

사실 그가 마왕 시절 작정하면 백룡의 모습으로 얼마든지 변신할 수 있었을 것이다. 하지만 그것은 그저 마법의 일종일 뿐이라 별 의미가 없었다.

그러나 이것은 명백히 백룡의 모습으로 다시 태어난 것이다. 새로운 운명과 함께 말이다.

'이참에 이름을 백룡으로 바꿀까?'

흑룡은 잠시 고민했지만 이내 고개를 흔들었다.

비록 백룡의 모습으로 다시 태어났다지만, 그렇다 해도 그가 과거의 백룡으로 돌아간 것은 아니었다.

따라서 굳이 백룡이라는 이름에 집착할 필요는 없으리라.

그리고 백룡이건 흑룡이건 어차피 하찮은 드래곤들의 이름을 따서 지은 것이다 보니 지금으로서는 둘 다 그리 마음에 들지도 않았다.

그렇다고 바꾸자니 그것도 번거로워 그냥 흑룡이란 이름을 그대로 놔두기로 했다.

'그보다 뭔가가 이곳으로 다가오는군.'

흑룡은 나무들 사이로 뭔가가 접근하는 것을 발견했다.

그것은 어깨에 날개가 있었는데 조심스레 흑룡을 향해 날아오고 있었다.

설마 비행 몬스터인가?

본래라면 아주 멀리서부터 그 기척을 눈치챘어야 정상이었다. 그러나 지금의 흑룡은 평범한 인간 청년일 뿐이라 그것이 가까이 다가오고 나서야 비로소 기척을 느꼈다.

'리닌?'

그런데 뜻밖에도 지금 나타난 비행체의 정체는 리닌이었다. 어깨 양쪽으로 하얀 날개를 펄럭이는 작은 요정의 형태. 본래 리닌은 6살의 작은 아이였는데, 지금의 리닌은 그보다 절반 이상이나 더 작아져 있었다.

그렇다면 리닌은 인간에서 요정이 된 것인가? 아무래도 그것이 리닌에게 주어진 새로운 운명인 모양이었다.

"리닌!"

리닌은 흑룡이 그녀를 부르며 아는 척하자 깜짝 놀란 듯 허공에 멈춰 섰다.

하늘색의 머리카락. 연노란색의 낡은 옷. 백색의 날개. 그리고 두 눈의 홍채는 물빛으로 반짝였다. 마치 인형처럼 귀여운 외모였다.

"제 이름을 어떻게 아시는 거죠?"

리닌이 경계하는 표정으로 물었다. 흑룡은 실소를 지었다. 리닌과 달리 그의 모습은 본래와 완전히 달라져 있어 리닌이 그를 못 알아보는 것은 당연했다.

"흑룡이 바로 나다."

"아!"

리닌의 두 눈이 휘둥그레 커졌다.

〈다음 권에 계속〉